suncolor

後宮之烏

5 陰熒一體

白川紺子 著／李彥樺 譯

suncolor
三采文化

登場人物介紹

夏高峻 剛即位的年輕皇帝。希望與烏妃壽雪成為「摯友」。

柳壽雪 現任烏妃。能施展神奇祕法。離群而居的神祕人物。

衛青 對高峻忠心耿耿的宦官。

九九 壽雪的侍女。個性單純又有點雞婆。

溫螢 奉衛青之命保護壽雪的宦官。

淡海 壽雪的另一名護衛。

衣斯哈 相當年輕的宦官。來自西方的少數民族。

令狐之季 洪濤殿書院學士，前職是賀州觀察副使。

晚霞 鶴妃。天真無邪的少女。對壽雪懷抱好感。

朝陽 晚霞的父親。賀州權貴。來自卡卡密國的少數民族首領。

白雷 巫術師。新興宗教「八真教」的教祖。

隱娘 「八真教」的年輕巫女。

麗娘 前任烏妃。已過世。

魚泳 前任冬官。已過世。

千里 現任冬官，壽雪的協助者。

花娘 高峻的尊師雲永德（宰相）的孫女。與高峻是青梅竹馬。

世界圖

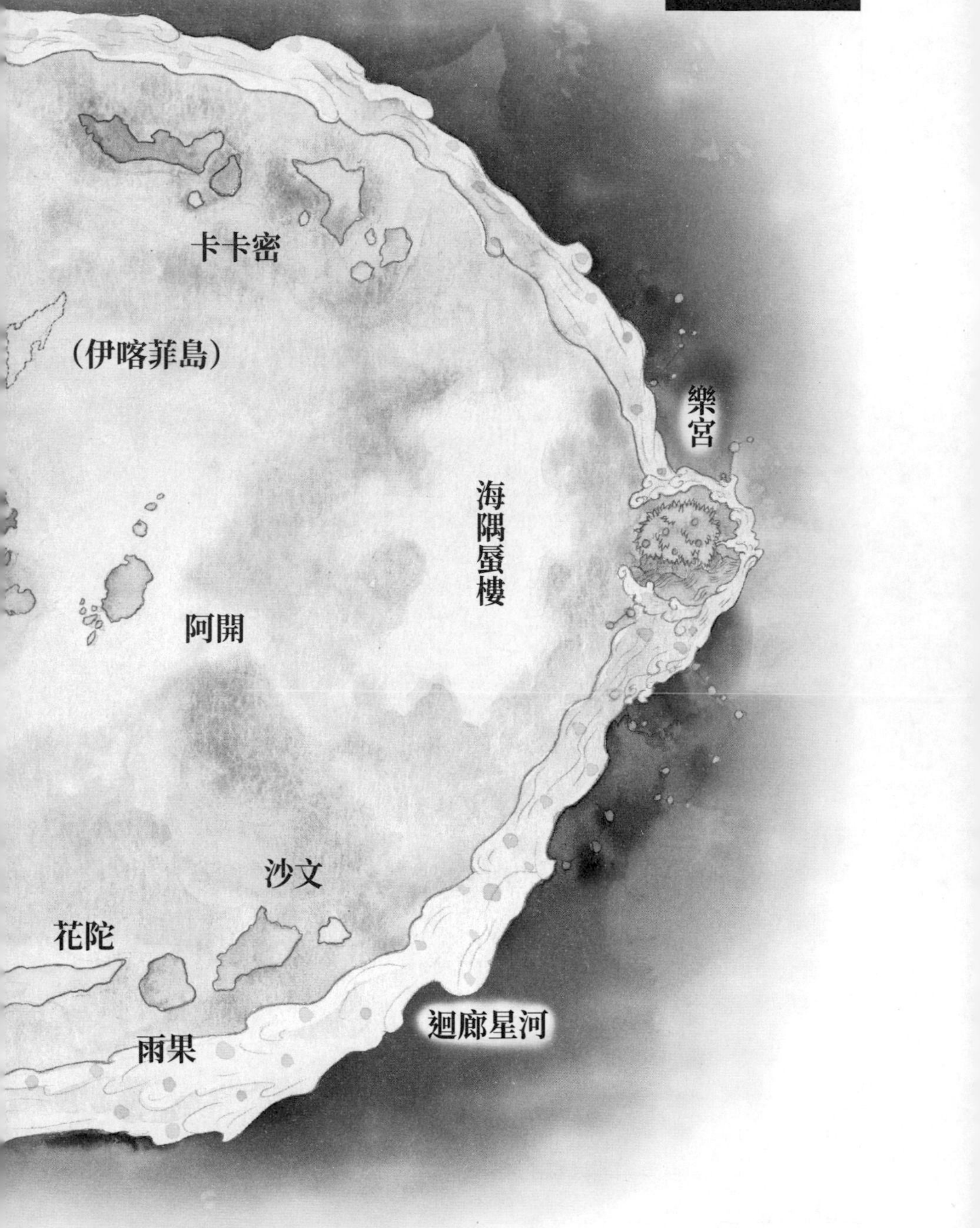
卡卡密
（伊喀菲島）
樂宮
海隅蜃樓
阿開
沙文
花陀
雨果
迴廊星河

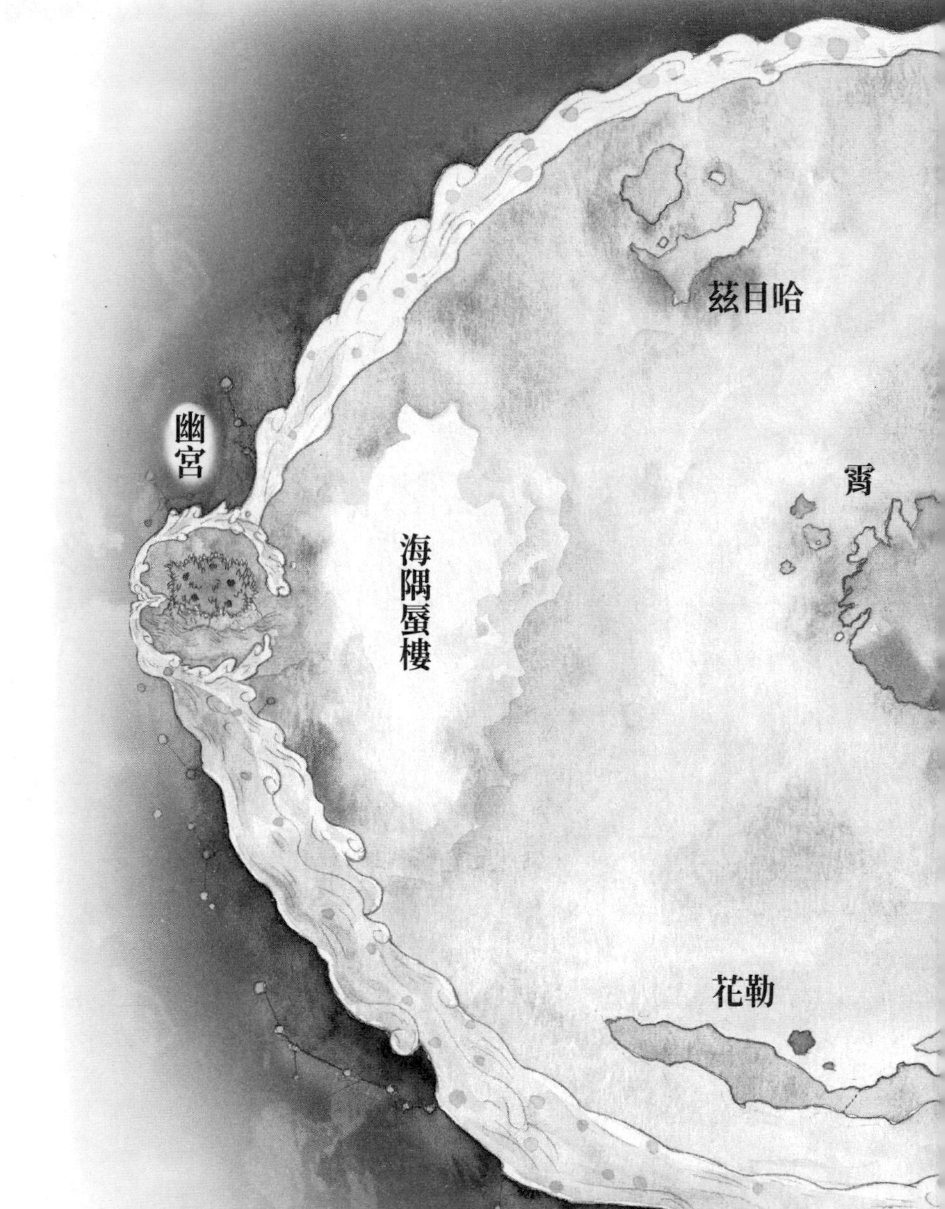
茲目哈
幽宮
霄
海隅蜃樓
花勒

霄國地圖

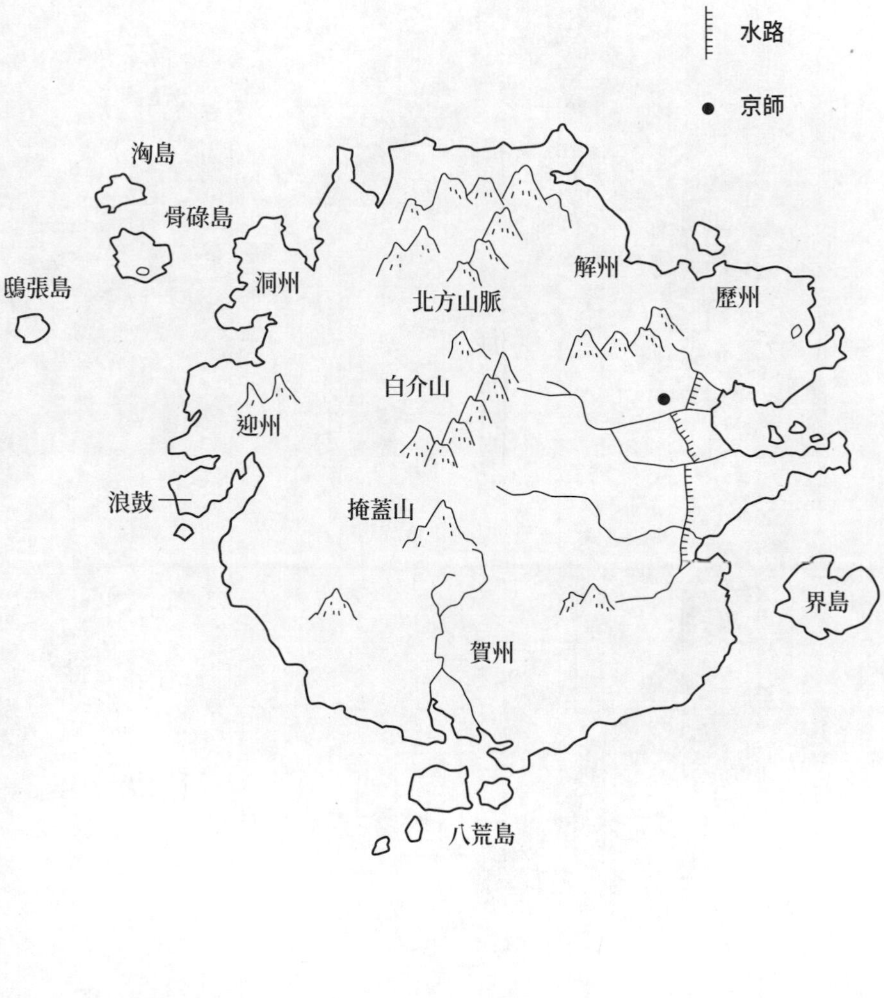
水路
京師
淘島
骨碌島
鴟張島
洞州
北方山脈
解州
歷州
白介山
迎州
浪鼓
掩蓋山
賀州
界島
八荒島

宮城內地圖

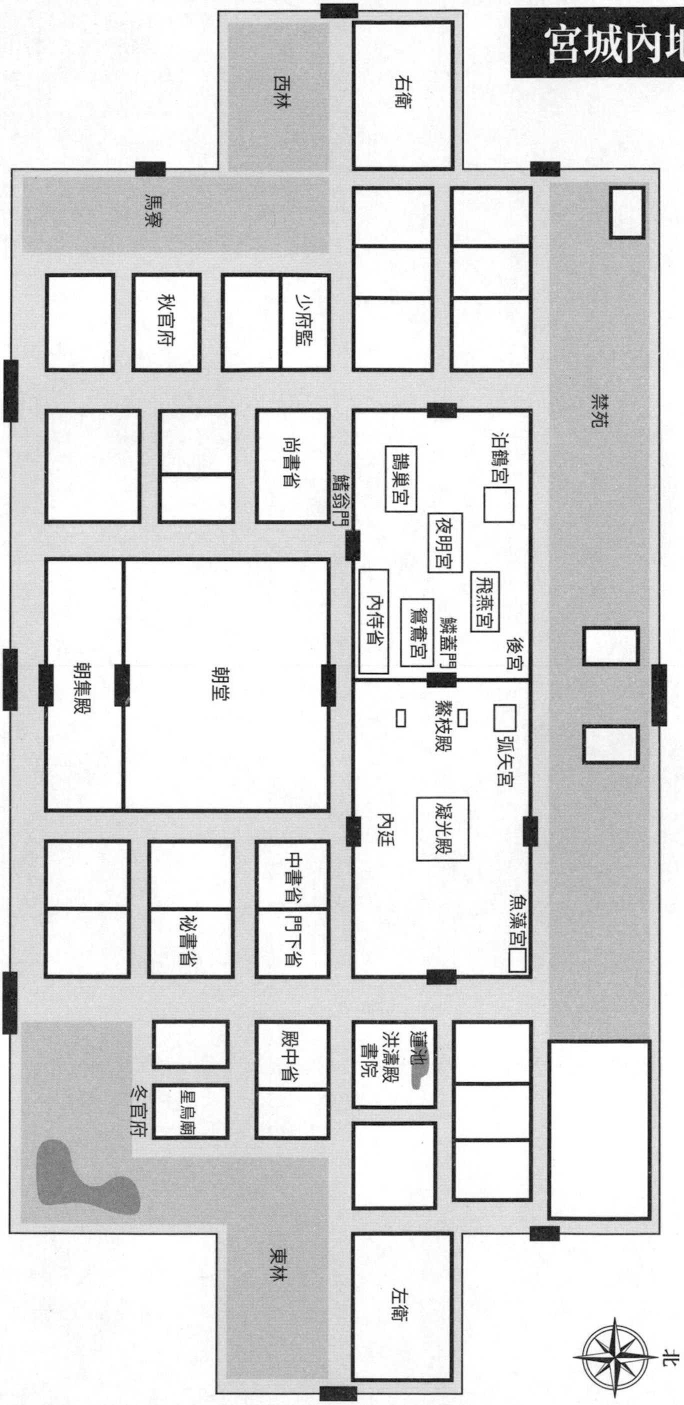

右衛
西林
馬寮
禁苑
秋官府
少府監
尚書省
鰭翁門
泊鶴宮
鵲巢宮
夜明宮
飛燕宮
內侍省
鴛鴦宮
鱗蓋門
後宮
朝集殿
朝堂
鰲枝殿
弧矢宮
凝光殿
內廷
中書省
門下省
祕書省
魚藻宮
蓮池
洪濤殿
書院
殿中省
星鳥廟
冬官府
東林
左衛
北

目錄

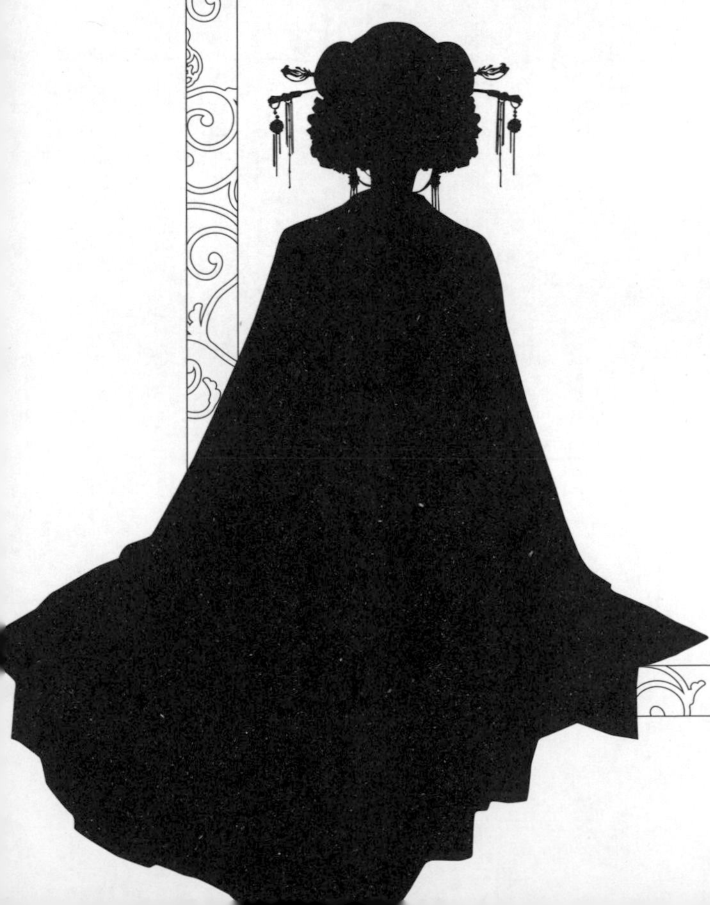

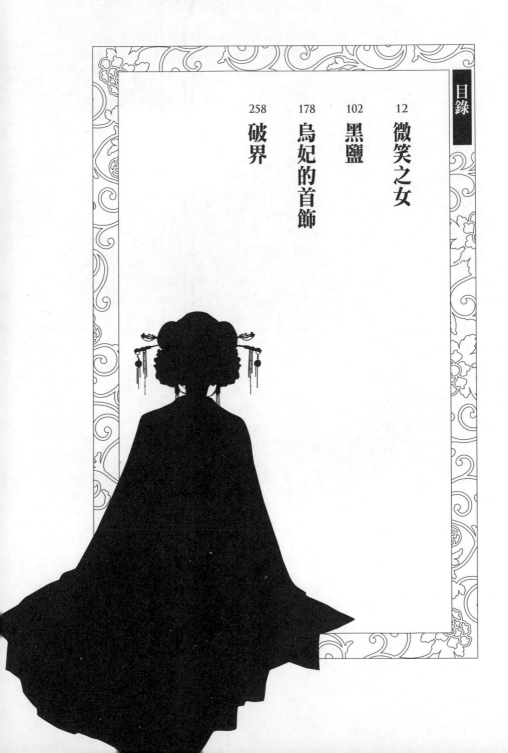

微笑之女

今年秋天，整個宮中瀰漫著喜慶的氣氛。因為皇帝的妃嬪懷孕了。

而且還不是一位，而是兩位同時懷孕。

首先是鶴妃有喜的消息傳遍宮中，不久之後又傳出燕夫人也有了身孕的消息。鶴妃晚霞是賀州豪族沙那賣家的千金，燕夫人黃英則是名門昌家的千金。

針對這兩件喜事，壽雪的護衛淡海發表了這樣的評論：

「大家是謹細之人。」

「何言謹細？」壽雪問道。

「他知道要取得平衡。」

「何言平衡？」壽雪接著又問。

「當然是廟堂的平衡。」淡海說道。

廟堂即政治的代稱，那正是壽雪最魯鈍之事。後宮內外的大小事情，淡海總是能瞭如指掌，沒有人知道他這些消息都是從哪裡打聽來的。

「自從發生了皇太后之禍，大家就對妃嬪及外戚小心提防。沙那賣家是地方豪族，對中央的政權即便有心干預，也是鞭長莫及。而昌家雖然是雲派的名門世家，但也只是歷史悠久，稱不上權門，當家的性情也很溫和。跟前宰相比起來，簡直像小狗一樣聽話。」

「於外戚不易干政者，雲派、非雲派各取其一，便是汝所稱『平衡』？」

「沒錯，皇太后的事情也已經告一段落，我正在猜想差不多該要有喜事了，果然大家也很善於精打細算。」

淡海發出爽朗的笑聲。

「彼確是持重之人。」

壽雪只淡淡說了這麼一句話。

淡海與壽雪對高峻的評價其實頗有差異。在壽雪的眼裡，高峻是個笨拙的男人，做事絕對稱不上「謹細」。但是就像淡海所說的，高峻這個人想必會為了取得後宮的平衡而費盡苦心。雖然他從來不曾說出這些想法，甚至不曾流露在表情上，但他就是這麼一個男人。

「怎麼會用『謹細』來形容這樣的喜事？」侍女九九皺眉說道。「那簡直是把陛下說成了一個重利無情的人物。生孩子這種事情，可不是想要做就做得到的。」

「話是這麼說沒錯……」淡海露出一臉自討沒趣的表情，看著九九說道：「九九，妳最近心情不好？」

「沒那回事。」

「明明就有，拜託別發洩在我身上。」

「誰會做那種事？我已經告訴衣斯哈了，以後只要看到你偷懶摸魚，就要立刻和溫螢哥報告。」

「咦？」淡海皺起了一張臉。

就在這時，房門口出現了一道影子。原來是溫螢無聲無息地走了進來。溫螢也是壽雪的護衛宦官。他在壽雪面前屈膝跪下，行了一禮，接著轉頭對著淡海冷冷地說道：

「淡海，做好你的本分事。你要我說幾次，才會改掉你這個壞毛病？」

「現在沒有人會來夜明宮，娘娘又不出門，還需要護衛什麼？」

溫螢沒有答話，只是默默瞪著淡海。他雖然容貌俊美，但瞪起人來有著一股懾人的氣勢。淡海最害怕的就是溫螢的沉默不語。他雖有些心不甘情不願，也只能隨著溫螢走出殿舍。淡海一走，整個宮內突然變得安靜下來，甚至給人一種陰暗的錯覺。

「淡海哥雖然很吵，但他或許也是想要幫娘娘排遣寂寞吧。」

九九說道：「當然最大的目的，還是想要偷懶吧。」

「排遣寂寞？何寂寞之有？」

「因為……」

九九無奈地環顧四周。

「這宮裡實在太安靜了。」

夜明宮這陣子相當冷清。正如同淡海所說的，既沒有人前來造訪烏妃，壽雪也過著足不出戶的生活。

自從發生了盲信烏妃的「緇衣娘娘」騷動之後，壽雪就一直把自己關在殿舍內。一來高峻下達了無許可不得擅自外出的禁令，二來她自己也不想再出去招惹是非。

所謂烏妃，其實是女神烏漣娘娘所揀選的冬王。在從前時代，冬王是侍奉神明的祭祀之王，而夏王則是掌管政務的世俗之王，這個國家由雙王所共同治理。但後來夏王殺害了冬王，國家陷入了漫長的戰亂時期。好不容易再度統一國家的欒朝開朝皇帝，將冬王改稱為烏妃，深藏在後宮之內。據說他這麼做的理由，正是為了避免國家再度大亂。

烏妃必須孤寂一生。當初麗娘的訓誡，如今依然深深烙印在壽雪的胸口。然而自己卻鑄下了大錯，不知不覺沉溺在與他人互相依賴的舒適生活之中。

這次的騷動，後宮所有人都知道這已經激怒了皇帝，因此再也沒有人敢接近夜明宮。即便如此，壽雪的身邊還是有著九九等數人。

這些人既然已跟著自己，當然不能隨便拋棄他們。不，應該說是壽雪已下定了決心，絕不拋棄任何人。

高峻曾經說過，必須從根源開始抽絲剝繭，才能將問題徹底解決。

——冬王乃是掌管祭祀之王，受到信奉尊崇是理所當然的事情。真正的錯誤，是不應該將冬王幽禁在後宮之中。

——我們不能抱著快刀斬亂麻的想法，也不能放棄思考，那對解決問題毫無助益。

高峻選擇了最為險峻的一條道路。

那就是匡正第一代烏妃香薔所犯下的過錯。

說得更明白一點，就是讓當初被香薔囚禁在烏妃體內的烏漣娘娘獲得自由。但是要實現這個目標，首先得找到古代因與鼇神爭鬥而沉入海中的烏漣娘娘半身。而要尋找半身，前提是烏妃必須能夠離開宮城，烏妃要離開宮城，必須先破除香薔設下的結界……雖然每個環節都很清楚，但是做起來卻是困難重重。

壽雪幽幽地嘆了口氣，投映在臉龐上的夜色彷彿更加深邃了。九九點起了燈籠，朦朧的光芒照亮了她的臉頰，一雙烏溜溜的大眼睛正反射著熠熠火光。壽雪看著九九，內心逐漸恢復平靜。

所謂的心靈祥和，就是這種感覺嗎？下次見到高峻，應該向他問個清楚。

「娘娘，您心裡有什麼感覺？」

九九凝視著燈籠問道。

「所言何事？」

「就是妃嬪們有喜的事情……」

壽雪微微歪著腦袋，不明白九九到底想要詢問什麼。

「淡海所言，或有其理。高峻過於杞憂，於事無益。其所謀之事，未必能成。」

「呃……嗯，娘娘說得是。」

「須早立皇嗣，當可無患。若晚年立嗣，帝崩而皇子年幼，母后及外戚必然跋扈。」

「我不是要講那麼艱深的話題……」

「然則汝欲言何事？」

事實上對於妃嬪懷孕、冊立皇子之類的事情，壽雪自己也說不出什麼大道理。以她的立場而言，那些都距離自己太遙遠。

「我想談的是關於鶴妃娘娘及燕夫人的事……」

「依晚霞信中所言，彼女近日精足氣旺，母子俱安，無須擔憂，唯燕夫人堪慮。淡海曾言，燕夫人近來身染微恙。」

晚霞曾提出造訪夜明宮的要求，但遭壽雪婉拒。從那天之後，晚霞便經常寫信給她。從前晚霞寫給她的信中總是充滿了硬邦邦的客套話，但如今其信中文字已變得有如行雲流水一般自然而流暢，彷彿心中的煩惱一掃而空，連壽雪也頗感吃驚。

另一方面，燕夫人昌黃英據說年紀比高峻大，但因為從小生活在深閨之中，依然散發著楚楚可憐的少女氛圍。壽雪回想起當初黃英看見自己時的驚懼模樣，心裡不禁有種奇妙的感觸。像黃英這樣的女性，是否有辦法成為稱職的母親？

「原來如此……」

九九露出了相當複雜的表情。似乎有些不知如何是好，卻又有些鬆了口氣。

「這麼說來，娘娘不是因為妃嬪們有喜而心情鬱悶？」

「嗯。」

為什麼妃嬪們懷孕，會讓自己心情鬱悶？九九的這個問題，讓壽雪感到納悶不已。但總而言之，似乎是因為自己陷入沉思，讓九九為自己擔憂了。

「吾豈有心情鬱悶之理？」

「那我就放心了……」

九九雖然嘴上這麼說，但臉上還是帶著三分不安。

後來壽雪終於明白了九九心中的擔憂，不過那是很久以後的事了。

這天夜裡，壽雪驀然醒來，抬起了頭。幾乎就在同一個時間，星星開始振翅喧噪。似乎是有人來了。

——是誰？

這夜明宮已經很久沒有客人了。

——多半會被溫螢或淡海逐走吧。

「娘娘。」

門外傳來了溫螢的聲音。

「有來客？」

「是燕夫人的侍女。」

「嗯……」壽雪暗想，溫螢做的每一件事，必定有其道理。他既然願意為那侍女通報，代表一定有他無法作主驅逐的理由。而且訪客是如今有了身孕的燕夫人的侍女，這一點也讓自己放心不下。

「吾自問之。」

壽雪說完之後輕輕舉起了手，手掌一翻，門扉登時開了，彷彿上頭繫著繩索一般。冰冷的夜晚空氣流入了門內，黑暗中隱隱浮現溫螢的身影。他的背後站著一名侍女，那侍女看起來氣色很差，而且似乎年紀頗大。上次壽雪前往飛燕宮的時候，確實曾見過這名婦人。以年紀來看，多半是已經跟隨昌黃英多年的侍女吧。

「溫螢應已告汝，吾已不應事。」

「這件事攸關黃英娘娘及陛下子嗣……請烏妃娘娘務必幫忙。」

那侍女跪了下來，接著又朝壽雪拜倒，整個人散發出一股走投無路的焦躁感。

「……便是攸關陛下子嗣，亦與吾無關。」

壽雪冷冷地說道。那侍女的臉上登時流露出了幾分失望之色。壽雪將頭轉到一邊，再度開口：

「汝可坐，將原委道來。」

「烏妃娘娘，您知道黃英娘娘將升為鵲妃一事嗎？」侍女滿臉倦容地問道。

壽雪很想叫九九幫她倒杯茶來，可惜九九已經睡了。

「吾不知此事。因懷皇子之故？」

妃的階級由高至低依序為鴦妃、鵲妃、鶴妃，接下來才是燕夫人。燕夫人的地位是嬪而不是妃，卻是唯一擁有獨立宮殿的嬪，因此地位與一般的嬪又不相同。燕夫人的飛燕宮是距離夜明宮最近的宮殿。

「其實自從鵲妃娘娘過世之後，我們就聽到了風聲……如今娘娘懷了皇子，陛下終於正式下旨了。」

鵲妃死得悽慘，壽雪如今回想起來，依然懊悔不已。

「不升鶴妃，卻升燕夫人……？」

壽雪心想，高峻那些人多半是有什麼考量吧。

「燕夫人得懷皇子，今又晉升鵲妃，此皆是大喜之事。」

「話是這麼說沒錯……」

侍女的表情蒙上了一層陰霾。那實在不像是主人適逢喜事的婢侍會露出的神情。

「黃英娘娘說她不想晉升鵲妃。」

「噢？」壽雪歪著頭說道：「卻是何故？」

「她說不想住進鵲巢宮。」

「……既不願遷居，何不就飛燕宮安住？」

「陛下既然已經下旨，在規矩上是非遷不可的。」

「既是如此，理當遷居。」

「但娘娘就是不要……」

壽雪聽得心煩，說道：「燕夫人如何不識大體？」

「如果只是耍耍脾氣，我們還可以設法安撫。但是黃英娘娘說出來的理由，倒也非全然無理。」

「……燕夫人何故不願遷居？」

「她說鵲巢宮是不祥之宮。」

壽雪低下了頭，心中恍然大悟。

「燕夫人天性膽小？」

「是啊，比一般人膽小得多。」

「鵲妃橫死宮中，故燕夫人不願遷入？」

侍女點了點頭。

「便是飛燕宮，抑或其他宮殿，往昔亦有死者。」

侍女又點了點頭。

「我們也是這麼告訴娘娘。要是有人過世就如此在意，這天底下還有地方能住人嗎？」

「燕夫人堅決不肯？」

「黃英娘娘從前和鵲妃娘娘見過幾次面，所以才會如此害怕。畢竟死的是認識的人，還是不認識的人，那是完全不一樣的事情。」

這倒也沒錯。壽雪沉吟道：

「燕夫人既如此驚懼，強行遷居恐傷胎氣。」

「是啊，我們都很怕對胎兒有不好的影響……」

「然則汝欲吾相助何事？吾非產婆，此事吾愛莫能助。」

侍女露出一臉理所當然的表情，點頭說道：

「烏妃娘娘若能幫我們前往鵲巢宮驅邪除穢，黃英娘娘應該就能安心遷居了。」

「……鵲巢宮無邪無穢，何必驅除？」

「烏妃娘娘只要做做樣子，讓黃英娘娘安心就行了。」

「吾非市街卜筮神棍，此事可尋他人為之。」壽雪不悅地說道。

那侍女卻是一臉傲氣，絲毫不帶懼色。

「不，這件事一定要烏妃娘娘出手才行。」

從侍女的態度，便可看出她並不是一般的低階宮女。名門千金的侍女，自有一股傲氣。

「吾不為也。」

何況高峻曾下令壽雪不得擅自外出，她就算想幫這個忙，也沒辦法前往驅邪除穢。

「黃英娘娘是個很怕生的人，但卻相當仰慕烏妃娘娘。只要您前往鵲巢宮做個樣子，我就有理由能夠勸黃英娘娘搬遷。黃英娘娘向來很聽我的話，這件事一定能成。」

那侍女挺直了腰桿，顯得相當有自信。壽雪不禁心想，黃英平常應該很怕這個侍女吧。

「……吾無法出宮。」

「這我知道。烏妃娘娘要出宮，必須獲得陛下的恩准。但這件事攸關皇子的安危，黃英娘娘會親自向陛下懇求。陛下得知您前往鵲巢宮驅邪除穢，是為了讓黃英娘娘順利產子，照理來說應該不會反對。」

真是喜歡強人所難的侍女。壽雪沒有嚴詞拒絕，有一半的理由是因為同情身邊有這樣一個侍女的黃英。

「所以娘娘就這麼接受了燕夫人的請託？」

隔天淡海得知這件事，以又好氣又好笑的口吻說道。

「請託者為其侍女，非燕夫人。」

「還不是一樣？因為害怕而不敢還宮？又不是三歲小孩。」

「燕夫人年紀雖長，尚帶稚氣。」

「這樣的人真的能生孩子嗎？」

淡海的點評相當辛辣。

「汝何故發怒？」

「我不是發怒，是無奈。娘娘就是人太好了，才會被這麼使喚。」

「此事未必能成。若高峻不允，吾自然不往。」

「娘娘，妳沒有當場拒絕，在心情上就等於是接受了。妳就是耳根軟，遇上有人懇求就無法拒絕。」

「唔……」壽雪沉默不語。

「這是下官的錯。」溫螢此時說道：「當初下官實在不應該通報。」

「沒錯，看看你捅出的婁子。」淡海立即落井下石。

「汝亦莫可奈何。」壽雪瞪了淡海一眼，朝溫螢說道：「以汝身分，難以逐妃嬪侍女。況且此女乃燕夫人侍女，燕夫人身懷皇子，茲事體大。」

除非是位階相當高的上級宦官，否則侍女的地位通常高於宦官，溫螢自然不敢得罪。

「燕夫人這情況實在很棘手。若是一般妃嬪，那也罷了，燕夫人懷了皇胎，要是隨便拒絕其要求，將來燕夫人有什麼閃失，娘娘也得背上責任。」

淡海皺著眉頭說道。

「既是如此……」

「但如果隨便接受請託，事情有什麼變數，導致燕夫人有什麼三長兩短，這筆帳同樣會怪在娘娘頭上。」

淡海的口吻雖然輕佻，但聽得出來他是認真地在為壽雪煩惱。

「兩相權衡，不如別蹚這趟渾水。娘娘，妳說是嗎？」

不管是淡海的聲音，還是溫螢的眼神，都流露著對壽雪的關心。

「……毫無作為，亦非良策，恐無端受累。」

到底什麼事情該做，什麼事情不該做？並非只有高峻才需要考量事情的輕重平衡。

「娘娘這麼說是有道理。趁這種時候賣些人情，將來或許能夠成為保命的關鍵。但我還是認為這次應該拒絕，畢竟跟皇子扯上關係，事情會很麻煩。」
「吾若拒絕，恐遭侍女怨恨。」
「娘娘，我看擔心燕夫人，才是妳的真心話吧？」淡海無奈地嘆了口氣，接著說道：「娘娘，現在這種節骨眼，妳與其擔心別人，不如先擔心自己吧。」
淡海向來是聽人嘀咕的那一個，如今卻反而朝壽雪嘀咕了起來。不過仔細想一想，自己聽人嘀咕，也已經是家常便飯了。
「淡海哥，你好大的膽子，敢對娘娘說三道四？」
九九一邊說，一邊從廚房的方向走了過來，手中捧了一只托盤。後頭跟著宮女紅翹，手上同樣捧著托盤。兩人的托盤裡，都放著許多熱騰騰的蒸糕，除此之外，她們還煮了熱茶。近來夜明宮相當清閒，多了不少像這樣大家聚在一起喝茶閒聊的時間。
「我跟衣斯哈說了，他應該等等就會帶著星星回來吧。」
星星完全不聽壽雪的話，在衣斯哈的面前卻一直相當溫馴。連壽雪也不明白，為什麼會有這樣的差異。如今照顧星星已完全成了衣斯哈的工作。
夜明宮裡還有一個名叫桂子的老婢，負責烹煮眾人的三餐及點心。桂子是個沉默寡言的老婆婆，打從當年麗娘在世時，就已經在這夜明宮裡了。但是她認為自己的身分是婢女，因此堅持不肯踏入壽雪的房間一步。

不久之後，衣斯哈也抱著星星回來了，整個房間登時變得熱鬧滾滾，如今壽雪已習慣了這樣的氣氛。現在的夜明宮已經與從前截然不同，因此壽雪需要思考的事情也變多了。這些人既然跟在自己的身邊，無論如何一定要保護他們的安全。

「好香好軟，真好吃。」

衣斯哈吃得津津有味，兩眼閃爍著光芒。夜明宮內的每一樣食物，都讓這名年幼宦官既吃驚又感動。這裡的飲食文化，似乎與他的故鄉浪鼓大相逕庭。

「穀物在我的故鄉是非常珍貴的，絕對不可能像這樣隨便做成糕點來吃。頂多只有在祭典的時候，才會捏一些丸子，用來祭拜祖先。而這種丸子也不會調味，吃的時候會先塗上醬汁，直接放在火爐上烤。」

「那應該也很美味吧？」淡海說道：「對了，說起浪鼓，那不是個靠海的地區嗎？如果製鹽來賣，應該能賺不少錢吧？」

「淡海，」溫螢以平靜但嚴峻的口氣說道：「你別亂說話，偷賣私鹽是死罪。」

「表面上是這樣沒錯，但是偷偷靠這個賺大錢的人可是不少呢。」

律法規定唯有官府能夠賣鹽，一般百姓要是擅自販賣，將會遭到嚴懲。但是實際上有很多百姓都在販賣私鹽。壽雪從前當家婢的那戶人家，幹的似乎也是偷賣私鹽的勾當。當然那戶人家後來有什麼下場，她就不得而知了。

「我的故鄉有一片很大的沙灘，船主雇用了很多人在那裡製鹽，製好的鹽都賣給官府了……販賣私鹽什麼的，村人們根本做不到。製鹽需要很多的人手，而且鹽很重，賣鹽的時候必須靠牛車來搬運，但是我們的村子根本養不起牛。何況村裡的老爺爺說過，要製作出能夠讓人出高價購買的美味精鹽，其實相當困難。」

淡海隨口開的玩笑，卻引來了衣斯哈一陣認真回答。

九九在一旁看不下去，說道：「衣斯哈，淡海哥說的話不用太當真。」

驀然間，原本睡在衣斯哈腳邊的星星開始拍動翅膀。俗話說有一就有二，繼昨天之後，今天又有人前來登門拜訪了。由於門扉並未掩上，一道人影直接走了進來。那人竟是衛青，隨侍在高峻身邊的宦官。

衛青以敷衍的態度作了一揖，放眼環顧室內，冷冷地說道：

「這裡可真是熱鬧。」

衣斯哈垂下了頭，露出一臉遭到責罵的表情。壽雪瞪了衛青一眼，說道：

「不過稍做休憩，並無過失，何必言語見責？」

「我只是說很熱鬧而已。」

「酸言酸語，莫非吾多心？」

「是妳多心了。」

衛青輕描淡寫地說完，取出一封信，遞到壽雪的面前。

「這是大家要給妳的。」

原本皇帝寫的信，應該要放入盒中，恭恭敬敬地呈交。但寫給壽雪的信不願張揚，因此這些繁文縟節都省了。那封信使用的是美麗的淡青色麻紙，上頭撒了銀箔。

壽雪攤開一讀，內容正是關於昨晚燕夫人侍女所提出的要求。看來那侍女已經慫恿燕夫人向高峻求情，信中寫著允許烏妃前往鵲巢宮驅邪除穢。

「當真應允……？」壽雪咕噥道。

高峻在信中接著還向壽雪道歉，要煩勞她幫燕夫人這個忙。壽雪心裡有種說不上來的感覺，雖然不到動怒的地步，但就是有種莫名的鬱悶感。

「此事與高峻何干，卻來謝吾？」

衛青的眉頭微微抽動了一下，但什麼話都沒有說。壽雪閱後摺起了信，扔進櫥櫃裡，但衛青卻還不肯離去，壽雪狐疑地瞥了他一眼，他這才開口說道：「我在等妳的回信。」

「無甚要緊事，何須回信？」

「如果妳不想回信，我回去就這麼稟報。」

「……汝稍候。」

最近衛青對她說話，都是這副口氣，不僅言簡意賅，而且不帶感情。當然這比看他暴跳如雷好得多，但每次跟他說話，總是讓壽雪感到有種難以言喻的彆扭。

溫螢與淡海移開了小几上的蒸糕與茶具，九九等人則趕緊磨起了墨。挑選麻紙的時候，壽雪遲疑了一會兒，最後選中一張撒了金箔的白麻紙。

壽雪拿著麻紙與筆回到小几旁，趁著九九還在磨墨的時候，心裡反覆思索該寫什麼才好，但想了半晌，還是沒有頭緒。

「娘娘請。」九九將蘸上了墨的毛筆遞到壽雪的面前。壽雪想了又想，終於奮筆疾書。

「……娘娘在寫暗號？」

九九問道，而紅翹則輕輕頂了頂九九的腰際。依照規矩，下人不能隨便亂看主人寫的書信。不過壽雪自認為沒有寫什麼不可告人的內容，所以也不在意。

壽雪在紙上寫的是「黑」、「白」，以及一些數字。

「這是圍棋吧？」淡海也從旁邊湊了過來，看著紙面說道：「黑是黑子，白是白子，數字是下的位置。」

壽雪點了點頭。他們有時會一起下棋，但高峻的棋藝比壽雪要高明得多。

「吾持黑子，高峻持白子。吾欲知高峻如何應此局。」

等墨乾了之後，壽雪將紙摺起，遞給衛青。本來以為會遭衛青數落一句「大家沒時間陪妳弈棋」，沒想到他什麼話也沒有說。

壽雪目送衛青離去之後，便起身準備前往鵲巢宮。雖然已獲得出宮的許可，但畢竟不能太招搖，故決定換上宦官服色。

「好不容易能出門了，卻得穿這種衣服？」

九九一邊幫壽雪換裝，嘴裡一邊咕噥。把壽雪打扮得漂漂亮亮，是她最大的樂趣。「上次才縫好的紅襦，穿在娘娘身上一定很美吧。」

雖然壽雪幾乎沒有什麼機會出門，九九與紅翹還是經常替她縫製新的衣裙。

「著於宮內，亦無不可。」壽雪說道。

九九登時眼睛一亮，說道：

「娘娘願意在宮內穿？」

九九的表情相當單純易懂。壽雪忍不住跟著微微一笑。

「那就請您穿那件青底繡花襦，還有那件雙魚紋裙，以及那條堇色披帛……」

「豈能穿著這許多？」

如果任由她說下去，恐怕會沒完沒了。壽雪趕緊制止，走出了殿舍。

鵲巢宮位於後宮的西南方，只要從夜明宮往南走，便可抵達。宮殿的周圍環繞著花蘇芳，屋頂裝飾著展翅鵲鳥的雕刻瓦片。壽雪踏入宮內，耳中只聽得見鳥囀聲、蟲鳴聲及枝葉摩擦聲，除此之外沒有任何聲響，也沒有半點活人的生氣。壽雪環顧四周，胸中隱隱作痛。鵲妃已不在了，然而當初她那鮮血狂噴的模樣卻依然歷歷在目。

「何其安靜。」壽雪對著站在身後的溫螢說道。

聞言溫螢只簡短回答了一句「是的」。

此行壽雪只帶了溫螢隨行。不知道為什麼，壽雪總覺得溫螢是最適合帶來此地的人物。然而這樣的決定，當然引來了每天閒得發慌的淡海的不滿。

枝葉縫隙間灑落的點點陽光，正隨風不住搖曳，並不斷變換位置。壽雪繼續往前邁步，走到殿舍的階梯處，眺望著殿內。到目前為止，整個鵲巢宮內完全感覺不到幽鬼的存在，當然也沒有蠱咒之類的氣息。既然如此，根本沒有必要進行驅邪除穢的儀式，只要施一點消災解厄的咒法就行了。

壽雪從懷裡取出了細繩。咒法向來是巫術師的拿手好戲，消災解厄的咒法當然也不例外。

「吾欲尋此間花蘇芳之長，汝可為吾覓得？」

「下官知道在哪裡。」

溫螢毫不猶豫地點了點頭，率先邁步而行。他過去曾經多次潛入各宮當間諜，因此對於諸宮大小事情瞭如指掌，要找出鵲巢宮周邊最大的一棵花蘇芳，當然不是難事。

壽雪跟隨著溫螢，自一棵棵花蘇芳的樹縫間穿過。堆得滿地的落葉，每踏一步便發出嘎吱聲響，腐爛的樹葉與泥土混雜在一起的陰濕氣味也不斷竄入鼻中。花蘇芳這種樹木每到春天都會結出深紫紅色的美麗花朵，但此時所有的葉片都變成了明黃色，垂掛著褐色的豆莢，予人一種異樣的莊嚴感。

溫螢停下腳步，轉頭朝壽雪望來。他的前方有一棵極為巨大的花蘇芳古木，黃色的枝葉幾乎掩蓋了整片天空，只縫隙間可看見蔚藍的天空。

「真良木也。」

壽雪相當滿意地點了點頭，溫螢也報以微笑。他話雖不多，但是經常流露真情。

仰頭看了良久之後，壽雪呢喃了一句「彼枝最佳」，同時抬腳跨到了樹幹上。

「娘娘，您要爬上去？」

溫螢難得有些緊張。

「須將此繩結於樹上。」

「您曾經爬過樹嗎？」

「不曾，上樹有何難？」

「……」

溫螢沉默了片刻後提議道：

「讓下官先上去，再拉娘娘上樹。」

壽雪心想，溫螢的提議多半不會有錯，因此便同意了。溫螢曾是鴉幫的雜耍師，爬樹當然難不倒他。

只見溫螢以靈巧的動作輕輕鬆鬆地爬到了樹上。壽雪握住他伸出的手，摸索尋找著樹幹上的樹瘤、樹洞為踏腳處，讓溫螢慢慢把自己拉上去。過程中她的腳打滑了好幾次，若不是溫螢拉住，早就摔下樹了。果然他的判斷是正確的。

「呼……」

壽雪抱著樹幹喘了口氣。原來爬樹是一件這麼艱難的事情。

接著壽雪將細繩綁在樹枝上，作為消災解厄的標識物。所謂的標識物，指的是帶來災厄的東西眼中的標識物，那些東西最是忌憚這種標識物，因此安置的位置越顯眼越好，像這樣的巨大古木正是最佳選擇。此外，細繩內還編入了驅除魔障用的澤蘭、蕙草等香草。

綁完了細繩之後，壽雪在樹上眺望遠方的景色。眼下的黃葉有如一大片錦布，清爽的微風陣陣拂來，乾燥葉片間發出的摩擦聲響有如潺潺流水。

「此風甚善。」

壽雪呢喃說道。陣陣微風皆是從東方吹來的，京師百姓相信從近海的東方吹來的海風是吉風，而從連綿山巒的北方或西方吹來的風是凶風。這一來是因為從山上颳下來的落山風會讓農作物枯萎，二來百姓皆相信神明會乘著海風而來。

壽雪閉上了雙眼，仔細聆聽風聲。在天乾物燥的晴朗日子裡，仔細聽來自遠方的風，有時彷彿可以聽見死者的呢喃細語。

「娘娘。」

溫螢低聲呼喚，令壽雪睜開了雙眸。他並沒有再說話，只是伸手指著樹下。只見一名宮女走在樹林內，不時回頭張望，顯得相當緊張。那宮女一步步朝他們兩人的方向走近，懷裡藏了一個布包，她雖長得清秀可愛，但表情頗為陰鬱。直至目前為止，她似乎沒有察覺隱身在濃密枝葉間的二人。

那宮女停下了腳步，目不轉睛地凝視著樹根處。接著她蹲了下來，撥開腳下的枯葉，徒手挖掘起了地面的泥土。

——她在做什麼？

壽雪歪著頭望向溫螢，溫螢輕輕搖頭，示意自己也不明白。

——乾脆直接問她。

於是壽雪自樹上喊道：「汝來此有何事？」

那宮女嚇得整個人彈了起來，隨之她一屁股跌坐在地，臉色慘白，而她懷裡的布包也跟著跌到了泥土上。

「吾非有意唐突，得罪莫怪。」

宮女仰頭望向溫螢及壽雪，眨了眨眼睛。

「下樹。」壽雪扶著樹幹說道。

「請讓下官先到下面去吧。」溫螢話音方落，下一刻便已輕輕盈盈地落在地上，而這壽雪當然做不到，只得慢吞吞地往下爬。溫螢見狀也張開了雙臂，以免壽雪突然跌落，不過比起上樹，下樹倒是相當順利，並沒有摔下來。下次或許可以嘗試爬爬看夜明宮附近的樹木……她如此想著。當然還是需要溫螢幫忙，一個人是做不到的。

「汝無事否？」壽雪朝坐在地上的宮女問道。

宮女目不轉睛地凝視壽雪的臉，忽然說道：

「您是……烏妃娘娘？」

「然也。」

壽雪正要詢問過去是否曾見過面，宮女已慌張跪倒。

「請恕奴婢失禮，奴婢在飛燕宮當職，名叫長勺松娘。」

過去壽雪曾數次前往飛燕宮，這宮女認得她的臉，也不是什麼奇事。

「既在飛燕宮當職，何故來到此地？」

從她剛開始那害怕遭人撞見的神情，以及聽見呼喚聲時的驚嚇程度，絕對不是單純的遷居準備事宜。

松娘朝地上的布包瞥了一眼，壽雪也轉頭朝它望去。溫螢會意，隨即拾起，並輕拂去沾在上頭的塵土。

「此是何物？」壽雪問道。

松娘吞吞吐吐地說道：

「這是……奴婢的漆奩。」

「何故欲埋於此地？」

松娘露出了一臉無奈的神情。從那表情看來，她這麼做並非出於自願。

壽雪朝溫螢使了個眼色，後者便將布包還給了松娘，松娘將布包抱在懷裡，說道：

「……這個漆奩是奴婢的老家代代傳承下來的東西……」

松娘打開了布包，裡頭果然是一個圓形的黑色漆奩。似乎年代久遠，上頭的漆嚴重斑駁，在黑漆上頭，有著以朱漆描繪的圖案。

「這稱作漆繪。奴婢的老家是漆商，除了製漆之外，也販賣漆器的成品。」

松娘故意說得籠統，似乎是為了避免壽雪聽不懂。

「娘娘請看。」

松娘將漆奩遞給壽雪，她接了過來，仔細查看上頭的漆繪。色澤鮮豔的朱漆塗在烏黑油亮的黑漆上頭，顯得格外亮眼。雖然筆致頗粗，整體來說稱不上纖細，但有一種大氣之美。

那漆繪的主題是一名笑臉盈盈的美婦，周圍環繞著三角紋線。

壽雪看了一會兒後說道：

「確是佳作。」

松娘喜孜孜地回應：

「謝謝娘娘誇獎。這漆奩不管是漆的品質，還是匠人的手法，都是上上之選。漆這種東西，會因產地的不同而有著不同的特性，不同季節的乾化速度也不一樣，因此要調和出這麼美的漆色，需要相當豐富的經驗及高明的技巧。娘娘請看這個朱漆的顏色，是不是相當飽滿、濃豔呢？雖然名為朱漆，但其實顏色非常多樣化，可能是橘紅色，也可能是酒紅色，端看漆料如何調配，品質當然也有高低之分。朱漆裡頭必須加入一種名為丹砂的紅色砂子，高品質丹砂的產地相當少，這漆奩的朱漆正是使用了最高級的丹砂，色澤才會如此鮮豔……」

松娘滔滔不絕地說了一長串，才驚覺不對，摀著嘴說道：

「對不起，奴婢太多話了。奴婢想請娘娘看的是這個漆繪的圖樣。」

「圖樣？」

「這圖畫的是一名婦人。」

「嗯。」

「我……看見了這婦人。」

壽雪看了看那漆奩，又看了看松娘，心裡暗叫不妙。

——看來又招惹上麻煩事了。

「……汝曾見此婦人？」

「是的。」

松娘臉上的表情似乎不是恐懼，而是困惑。

「那天晚上，我偶然從睡夢中醒來，就看見這婦人將臉這麼湊過來……」松娘一邊描述，一邊將手掌舉到臉的正上方。「那婦人的臉好紅……明明房間裡一片漆黑，我卻能清楚看見那婦人有一張紅色的臉，而且……」

松娘的臉上露出似笑非笑的表情，似乎是不知道該怎麼表達。

「她在笑……那紅臉的婦人看著我的時候，臉上帶著笑容。她什麼也沒做，就只是這麼看著我。」

壽雪低頭望向那漆奩，漆繪上的美婦確實帶著微笑的表情。

松娘接著說道：

「過了一會兒，我又睡著了。當我醒來的時候，還以為自己只是作了一場夢。畢竟在房間裡頭，怎麼可能出現面帶微笑的紅臉女人？但接下來連續好幾晚，都發生了一樣的事，而且連跟我同房的宮女也看見了……她非常害怕，一直說我們可能是被幽鬼附身或詛咒了，因為那婦人是鮮紅色的……」

「鮮紅色？」

「我只看見了婦人的臉，但是同房的宮女看見了婦人的全身，她說那婦人整身都是紅色……她也不太會形容，總之好像是從頭部到下半身都像沾滿了鮮血一樣，非常可怕。說起紅色的微笑婦人，我立刻便想到了自己漆奩上的漆繪。」

「汝憂此漆奩或遭詛咒？」

松娘並沒有說出明確的回答，只是歪著頭說道：

「和我同房的宮女說，一定是這樣沒錯，一定是這漆奩在作祟，所以她哭著求我把漆奩丟掉……」

松娘也露出了泫然欲泣的表情。

「我自己也有點擔心，但是這漆奩是我家代代傳承下來的寶貝，我實在不想丟掉。」

「故汝欲將漆奩埋於此處？」壽雪已明白了松娘這般舉動的理由。

「是的，飛燕宮的人最近都會搬過來，我心想只要以後再找時間來挖就行了……」松娘說到這裡，聳了聳肩，接著又說道：「我以為……鵲巢宮現在沒人，埋在這裡不會遭到責罵，也不用擔心被別人挖走。」

沒想到樹上竟突然傳來說話聲，也難怪她嚇得花容失色。

「我本來還以為是鵲巢宮的土地神什麼的在罵我……沒想到竟然是烏妃娘娘，這應該也是一種上天的指引吧。」

松娘對著壽雪露出了懇求的眼神。壽雪的心裡驟然有股不好的預感。

「烏妃娘娘，能不能請您暫時保管這漆奩？如果真的有什麼幽鬼依附在上面，也請您想想辦法……烏妃娘娘，求求您了……」

松娘對著壽雪拜倒在地。

——唉……

壽雪暗自嘆了一口氣。早知道就不要向這宮女搭話，可惜現在後悔已經太遲了。

「此漆奩並無邪穢之物，絕無為害之虞，汝可如此告知同室宮女。」

「可是……那個紅色女人又是怎麼回事？」

「吾亦不知。」

「烏妃娘娘……我一定會準備足夠的謝禮，請您務必幫這個忙……」

「無關謝禮，吾已不受託事。」

松娘的臉上流露出了明顯的失望之色。壽雪看了她的表情，心裡也很無奈，將漆奩遞了回去，說道：「速速離去。」

松娘搖頭道：

「我沒辦法就這麼回去。這件事要是傳進燕夫人或侍女們的耳裡，她們一定會要求我把漆奩丟棄……烏妃娘娘，能不能請您至少幫忙保管這個漆奩？」

此時壽雪只要說一句「愛莫能助」，事情就結束了。但不禁猶豫了起來。全盤拒絕對方的請託，是否為最正確的做法？當然如果什麼事情都攬在身上，又會重蹈從前的覆轍，但幫與不幫似乎也不能完全以二分法來做決定，應該要找出讓雙方都能接納的折衷辦法。

「不如先交給其他人保管，如何？」

背後傳來了一聲溫柔而平淡的聲音。說話的人正是溫螢，他平時很少像這樣主動提出自己的意見。

「交予何人？」

「例如冬官。」

「冬官……」

壽雪略一思索，差點叫出聲音來，幸好在最後一刻將驚嘆聲吞了回去。溫螢的思緒如此敏捷，令她頗為吃驚。

——原來如此，把千里拱出來就行了！

冬官是掌管祭祀的冬官府首長，如今的冬官是董千里。那是個體弱多病、身材削瘦的四旬男子，雖然乍看之下有些性情孤僻，但實際上個性溫厚健談，而且常給予壽雪各種幫助。

「以冬官的淵博學識，或許能夠看出這件事的內情。」

「言之有理。」

在表面上，烏妃與冬官並沒有任何交集。冬官是外廷的神祇官，而烏妃則深居於後宮之中。只要把這件事轉交給冬官處理，就不算烏妃出手幫忙，烏妃只是暫時保管漆奩而已……說穿了，就是假借冬官的名義，將幫忙的行為正當化。

「下官與冬官府某放下郎頗有交情，可以找他幫忙。」

放下郎是冬官的屬下。當然「頗有交情」云云只是溫螢隨口杜撰的謊言。他有時會像這樣面不改色地說謊，就這點而言，他的心機可能比淡海更重。

溫螢轉頭朝松娘問道：「妳認為這樣如何？相信冬官一定能夠幫妳解決問題。」

「當……當然好，那就有勞了。」松娘羞得面紅耳赤，不敢抬起頭來。

松娘接受建議後，終於放心地轉身離去了。倒是壽雪目不轉睛地看著溫螢。他那張臉除了「俊美」之外，實在找不到更好的形容詞了，有如靜謐森林裡的泉水一般，清幽而純澈。

「娘娘，怎麼了嗎？」

「……果然人不可貌相。」

只見溫螢愣了一下，露出一臉錯愕神情。

擅自把千里扯進來蹚這趟渾水，當然得寫信向他致歉。壽雪一回到夜明宮，立即取出紙筆。她在信中寫下了事情始末，將信交給淡海負責遞送。接著換回了平日的衣著，並取出松娘交予自己的漆奩。

「好老舊的盒子。」九九瞥了一眼漆奩後說道。「娘娘怎麼會有這種東西？」

「他人託付之物。」

壽雪打開奩蓋，裡頭什麼也沒放。既然決定要埋起來，裡頭的東西當然都已經拿走了。而她也留意到，在漆奩內側，同樣塗上了一層油亮而華美的黑漆。

——面帶微笑的紅色婦人……

當初壽雪曾告訴松娘，這漆奩「並無邪穢之物」，這一點當然是事實，但是後面還有一句沒有說的話。

——確實有東西附在這漆奩上頭。

只不過那不是什麼邪穢之物，並不會作祟為惡。

壽雪取下了頭髮上的牡丹花，輕吹一口氣。花瓣逐漸融解，變成一縷淡紅色的煙霧。那煙霧慢慢散了開來，環繞在漆奩周圍。

「唔……」

壽雪觀察了一會兒，接著手指輕輕一撥，做出宛如將簾帳撩起的動作，那些煙霧登時消散得無影無蹤。

——什麼也沒有出現。

通常壽雪只要施展這個術法，絕大多數的幽鬼都會現身。這個術法其實是一種呼喚行為，而幽鬼通常會產生想要回應這個呼喚的慾望。明明施了術法，幽鬼卻沒有回應，代表這幽鬼必定有著不願意現身的理由。不，應該說是壽雪並不具備讓這個幽鬼現身的條件。

壽雪略一思索，心中已想到了一種可能。

——血緣不對嗎？

松娘曾經說過，這是她的老家代代相傳的寶貝。或許只有當著該家族後代子孫的面，那幽鬼才會現身。

但既然已經說要交給冬官處理，總不能這時又把松娘找來，當著她的面施術。

——那女孩自稱姓長勺？

這是個相當罕見的姓氏，不曉得是哪裡出身？壽雪略一沉吟，忽然想到一事，轉頭望向九九，嘴裡呢喃道：「飛燕宮……」

「娘娘，您說什麼？」

「汝可識得飛燕宮宮女長勺松娘？」

九九愣了一下。

「啊，嗯……她是跟我同一時期進宮的宮女。」

九九從前曾在飛燕宮當職，壽雪幾乎忘了這件事。

「汝可知此女出身？」

「她是燕州人。聽說燕州除了茶葉有名，也是漆的產地，有很多漆商及漆匠。」

「汝所熟識之人中，可另有燕州出身者？」

「有是有，但不確定故鄉是不是跟松娘一樣……那個人是鴛鴦宮的宮女，年紀跟我一樣。」九九向來是個不怕生的女孩，經常趁前往各宮辦事情的時候，結交知己好友。正因為這樣的性格，當初她才能結識壽雪。

「無妨。吾欲作一書予花娘，汝為吾遞送，到了鴛鴦宮，私下問那宮女是否曾聽聞長勺氏傳聞。」

那幽鬼既然與長勺這個血緣有關，或許能夠打聽出關於長勺的一些傳聞或風聲。

鴛鴦宮的主人是鴦妃雲花娘，她在上次的緇衣娘娘騷動中受了腿傷，於是壽雪便透過信件探問她的傷勢。

最近這陣子因為無法外出的關係，壽雪寫信的機會比以前增加了不少。當然大部分都只是答覆他人信件，而來信者通常不是花娘就是晚霞。花娘的來信內容大多是關心壽雪的生活，詢問是否有需要幫助之處。她的行文平穩而優美，在文中總是稱呼壽雪為「阿妹」。

就在九九帶著信離開的同時，一名宦官走進了夜明宮。那宦官是泊鶴宮賀妃的使者，除了捎來了一封信之外，還帶了晚霞所贈送的一疋鮮紅色薄絹。一讀信件，原來是晚霞的兄長送來了不少絹布，因此特地送了一疋給壽雪。她的父親聽說已經回賀州去了，但長男及三男或許是不放心有孕在身的妹妹，所以還逗留在京師。

晚霞在信中描述泊鶴宮及兩名兄長的近況時，遣辭用句非常自在而開朗，不再是從前那個宛如徘徊在空虛的世界中一般，讓人捉摸不透卻又不禁為她捏一把冷汗的奇妙少女。

壽雪並不清楚晚霞為何會有這樣的變化。她曾經懷疑過，或許是女人一旦懷孕後，性情就會轉變。但是仔細想想，燕夫人黃英懷孕前與懷孕後似乎沒有多大的改變。「懷孕會讓女人的性情改變」這個推論是否為真，自己當然無從求證。這讓壽雪感覺喉嚨像是鯁了一根刺一樣，感到極度不舒服。為什麼會有這樣的感覺？因為那是自己永遠無法得知的心境嗎？

未來如果有一天，自己能夠成功將烏從體內釋放，自己是否會為他人懷孕生子？壽雪完全無法想像懷孕的自己，當然也無法得知這個問題的答案。

何況要將烏從自己的體內解放，首先必須打破香薔的結界。而要打破結界，必須要結合三名巫術師的力量，如今還缺了一人。除了壽雪自己，以及老巫術師封一行之外，她只想得到一名巫術師能夠擔這個大任，那就是白雷。然而白雷如今下落不明，而且就算找到了，他也絕對不可能幫這個忙。

壽雪望向那條紅色的薄絹。

——晚霞的哥哥……

晚霞對桌上那堆積如山的絹布連瞧也不瞧一眼，而那些都是哥哥晨派人送來的禮物。

「真不曉得這是在吹什麼風？」晚霞如此咕噥。

過去晨從來不曾送禮物給晚霞，如今卻派人送了這一大堆東西來。如果是讓人看了就頭痛的艱澀書籍，或許還有些符合晨的性格，但送來的卻是女性服裝用的布疋。晨這個人向來喜歡附庸風雅，品味還算不錯，但從來不近女色，如今不僅沒有娶妻，連小妾也沒有一個。

——或許也該是時候了吧……

晚霞猜想，大哥對娶妻絲毫不感興趣，或許是因為沙那賣家的當家長年來一直受到了詛咒吧。當家的么女，到了十五歲必定會夭折。或許正是這個詛咒，讓大哥害怕擁有孩子。但是如今會帶來詛咒的神珠據說已經粉碎了，詛咒的力量應該已經消失了。

晚霞拿起了一疋絹布。那是一疋淡紅色的絹布，顏色極淡，有如白色的蓮花。大哥的眼光確實很好，挑選的這些布疋都有著宛如彩霞般的清淡色彩，相當符合自己的形象。

而在大哥送來的絹布之中，唯有一疋綻放著異樣的色彩。那是一疋鮮紅色的薄絹。那顏色完全不適合晚霞，難道是不小心放錯了？但大哥是個心思細膩的人，怎麼可能會犯這樣的錯誤？如果是粗心的三哥亮，倒是極有可能。

晚霞第一眼看見那鮮紅色的薄絹，立刻便想到了壽雪。那晶瑩透亮的雪白肌膚，烏溜溜的大眼睛，紅豔的雙唇……配上那鮮紅色薄絹，應該很適合吧。於是晚霞便派人將那薄絹送到了夜明宮。

想到壽雪的事，她腦海裡浮現的卻是父親的臉。聽說父親早已回賀州去了，並不曾給自己捎來一封書信。父親急著回賀州，是因為晚霞懷了皇子，他不希望給那些意圖巴結的人可乘之機。這向來是父親的一貫作風。靠著跟朝廷保持一定的距離，來守護沙那賣家族。此時晚霞與父親關係破裂，父親當然也不會關心她的身體。

父親向來只把沙那賣家族的前途放在第一位，而晚霞則決定過著自己想要的人生。兩人未來的道路，恐怕再也不會有交集。

晚霞輕輕撫摸自己的腹部。那裡目前鼓脹還不明顯，很難相信這裡頭竟有個孩子。等腹部變大之後，不知道心情是否會改變呢？

但就算再怎麼沒有真實感，既然懷孕是事實，當然得開始為未來做好打算。不是聽從父親的命令，而是聽從自己的想法。

晚霞挑選了淡青、薄綠、淡藍、青磁等幾種顏色的絹布，交給背後的侍女，口中只簡短說了一句：「給鴦妃娘娘。」

鴦妃花娘是位階最高的妃子。不久前的緇衣娘娘騷動，晚霞的侍女害花娘受了傷。她無法管束好自己的下人，當然也得背負一些責任。晚霞已向花娘鄭重道歉，也獻上了上等的絹布當作賠禮，如今兩人已恢復了正常的交流。晚霞認為她是個相當值得信任的人。

——還是好想和壽雪見上一面。

壽雪遭禁足在夜明宮內，說起來都是父親的錯。晚霞想要親自向壽雪道歉，也想要當面和她說說話。儘管從對方來信中的遣辭用句推測，她似乎和過去毫無不同，但不知道近來過得好不好？

——乾脆偷偷溜到夜明宮去好了。

晚霞好幾次萌生這樣的念頭，但因為自己有孕在身，侍女們放心不下，整天都守在自己的身邊，根本沒有機會溜出去。

「晚霞娘娘，夜明宮派來了個差使。」

晚霞一聽到侍女的通報，興奮地站了起來。

「請別做出這麼急躁的動作！太危險了！」

侍女們全都嚇得手足無措，妳一言我一語地提醒晚霞注意安全，千萬別摔著了。

晚霞從以前就是個動作敏捷的女孩，此時輕描淡寫地說了一句：「這種程度的動作，哪會摔著？」但侍女們當然不肯罷休，紛紛拉著晚霞在椅子上重新坐好，另一名侍女將差使帶了進來。

「啊……」

那夜明宮的差使，是個皮膚黝黑、嬌小可愛的年幼宦官。

「你是衣斯哈吧？」

「是的。」衣斯哈神情緊張地跪下行禮，將緊握在手中的書信遞出。

「這是烏妃娘娘寫給您的信。」

「辛苦了，烏妃近來可好？」

「娘娘很好。」

衣斯哈緊張得滿臉通紅，那副模樣讓人看了忍不住想要好好關愛他一番。

「對了，我們不是還有些棗乾嗎？」晚霞先問侍女，接著又轉頭問衣斯哈：「你愛不愛吃棗乾？」

「咦……？我嗎？」

「是啊，帶一些回去吃吧。」

衣斯哈一時不知該如何回答，晚霞喚侍女用紙包了一些棗乾交給他，將他打發回去後，才攤開了壽雪的來信。

壽雪的筆跡相當流暢而秀麗，有如清澈的潺潺流水。從那嚴謹而慎重的行文，不難想像推測她的確有著表裡如一的誠實性格。

晚霞讀完了信，抬起頭來想了一會兒，又低頭重新確認信的內容。侍女們見晚霞神色有異，不由得面面相覷，同聲問道：「烏妃娘娘說了什麼？」

「沒什麼。」晚霞隨口應了一聲，又陷入沉思。壽雪的來信難得對自己提出了一項請求。而且是她完全料想不到的請求。

——因白雷之事，欲求晚霞兄長相助，能否請晚霞安排吾與兄長相會？

從冬官府回來的淡海，帶回了千里的回信。壽雪展信一讀，他對借用其名義一事的回答是「悉聽尊便」。她看著這幾個字，腦中不禁浮現起了千里那沉穩而溫和的微笑。

千里在信中還進一步寫道，他對這件事也很感興趣，如果查出了真相，希望能把詳情告訴他。壽雪心想，既然擅自用了他的名義，這點小小的要求當然沒有理由拒絕。接著壽雪回想起千里曾經說過，他願意幫助自己，並非單純只是為了她，也不是身為冬官的責任感，而是「基於一股求知的好奇心」。想到這裡，壽雪不由得莞爾一笑。

前往晚霞處送信的衣斯哈歸來的不久後，九九也從鴛鴦宮回來了。

「那宮女是茶商的女兒，雖然居住地跟長勺家族不算鄰近，但因為父親和漆商有些交情，所以聽到了一個相當古怪的故事。」

「古怪故事？」

「這故事跟長勺家族無關，倒是跟漆有關。」

「噢？」

「那是一個關於漆的古老傳說。很久很久以前，那附近一帶生長著許多良質的漆樹，尤其是在河川上游的深山內。結果……」

有個在河邊靠捕魚維生的男人，他靠著毒魚法❶捕撈大量的魚，一度過著富裕的生活，直到後來官府下令禁止毒魚，男人登時變得貧窮了。

某一天，男人由於一直捕不到魚，只好繼續往上游的方向走。走了許久，發現清澈的河水底下竟然堆積了大量的漆。原來是河岸邊生長著許多漆樹，樹上的汁液不斷流入河中，經年累月地囤積在河底的低窪處。

通常一棵漆樹只能取得極少量的漆，因此漆的價格非常昂貴。男人大喜過望，立即跳入水中挖掘河底的漆。那些漆果然賣得了非常高的價錢，從那天之後，男人便經常挖掘河底的漆來謀取暴利。男人沒有把這件事告訴任何人，一直獨占這個祕密。

有一天，男人一如往昔潛入河底，竟發現堆積著漆的低窪處有一條非常巨大的蛇，兩眼閃爍著惡毒的光芒，牠張開了血盆大口，想要把男人吞下肚。男人嚇得趕緊逃走，好不容易才游回岸邊。大蛇開始在河中大肆翻騰，引發了旱災。當地的耆老們說那條大蛇是河神，男人以毒物汙染了河水，又擅自挖走河底的漆，引起了河神的憤怒。

為了讓河神息怒，居民們逼迫男人獻出自己的女兒作為祭品。男人的女兒原本已經嫁到外地去了，男人只得把她帶了回來，推入河中獻給河神。從此之後，大蛇確實沒有再出現，但是獻祭地點的那周邊一帶，卻再也捕不到魚，而且漆樹也都枯萎了。

「……這就是我所聽到的故事。」

1 將藤空木之類有毒樹種的樹皮汁液倒入河川上游，讓魚群麻痺之後再加以捕撈的捕魚法，但這種做法會讓魚苗及昆蟲全數死光。

九九說完之後，吁了一口氣。

「雖然只是古老的傳說，但是聽了真的讓人心情難過呢。」

「女兒實無端受累。」

「是啊。」

九九越說越是生氣。

「獻祭……」

如此殘酷的傳說，不曉得是否與長勺家族有關？

向九九道了謝之後，壽雪提筆寫起了書信。剛剛聽到的這些話，有必要讓千里知道。

壽雪到處給人寫信，變得相當忙碌，而且手腕隱隱作痛。正當考慮要找人代筆的時候，又來了一名宦官，不曉得是何處宮殿的差使。一看之下，原來是凝光殿的宦官，也就是高峻派來的。

那是個相當年幼的宦官，上次也曾來過。他遞出了高峻所寫的書信。信中的內容，是關於上次壽雪所提出的棋局的回覆。信中寫了棋色與數字，如同自己所使用的方法，然而一看清高峻所下的位置，她不由得皺起眉頭。

「大家說，娘娘應該沒辦法馬上回覆，可以過幾天再回。」

「高峻小覷吾太甚。」

壽雪的眼中彷彿可以看見高峻那一派悠哉的表情，心裡嚥不下這口氣，決定說什麼也要當場寫出回應。

「汝在此稍候。吾知汝與衣斯哈交好，待吾將他喚來。」

壽雪叫來了衣斯哈，又從廚房拿了些蒸糕，讓兩人在房裡吃。在這段期間裡，壽雪看著高峻的來信，內心思索該如何回應他這著棋。下這裡的話，那裡會產生破綻；下那裡的話，數步之後就會陷入窘境……壽雪想來想去，實在找不到破解的方法。兩個孩子吃完了蒸糕，衣斯哈又接著拿出晚霞送的棗乾，兩人分著吃了起來。

又過一會兒，連棗乾也吃完了，兩人都有些閒得發慌，此時壽雪終於放棄了。

「……此信待日後再回，令汝久候，還望海涵。汝歸太遲，恐衛青見責，吾今作一書，可交予衛青，彼必不怪罪汝。」

壽雪將一封信交給凝光殿的宦官，那宦官卻笑著說道：

「請娘娘放心，衛內常侍說過，烏妃娘娘一定會執意當場回信，所以可能會在這裡耗上一些時間。」

——衛青那傢伙。

完全都被看透了。

那年幼宦官離去後，壽雪在寫給千里的信中加上了高峻所下的這一著棋，詢問千里該如何反擊。雖然千里一定會竊笑，但此時也顧不得這些了。

「衛內常侍。」

衛青聽到有人在呼喚自己，於是回過了頭。那呼喚者的身分，以及呼喚自己的理由，衛青都心知肚明。對方是個身穿濃灰色長袍的宦官，職責是幫皇帝安排妃嬪夜侍。

「大家今晚又說不需夜侍……」

「已經有兩位妃嬪懷孕，大家暫時應該可以喘口氣了。」

「呃……但是……」

那宦官還想說話，衛青不再理會，轉身走向凝光殿的深處。

高峻聽到妃嬪懷孕的消息，確實露出鬆了一口氣的神情。當然目前還無法得知性別，也不確定能否順利生產，但至少算是過了頭一關。

「擁有繼承人」也是皇帝的責任之一。如果沒有太子可以繼承皇位，皇帝去世後國家勢必會陷入混亂局面，國運甚至可能會就此一蹶不振。話雖如此，但皇帝遭到催促的心情恐怕也是不太好受吧。

事實上高峻不太喜歡與妃嬪同床共枕。這是只有衛青才知道的祕密。雖然他極少將心情顯露在臉上，但善於察言觀色的衛青還是看得出來，高峻對那檔事甚至可以用厭惡來形容。畢竟在高峻小時候，整個後宮都是由當時的皇后，也就是後來的皇太后所掌控，若從小在那樣的環境中長大，內心會對後宮產生排斥感也是理所當然的事。

後宮雖然表面上是皇帝的美麗花園，但負責管理花朵的人卻是皇后。後宮就像是皇后的城池。如今高峻雖然靠著建立皇帝直屬組織「勒房子」，在某種程度上控制了這座城池，但城池裡頭畢竟有著太多皇太后所留下的痕跡。

當然不管有再多皇太后的痕跡，高峻今後還是會細心維持這座花園，因為他有著重傳統而不喜變革的性格。

——正因為如此，才更令人擔心……

高峻關心壽雪，努力想要拯救壽雪，這確實很符合他的性格。但衛青總覺得如果繼續這麼下去，高峻將會陷入萬劫不復的深淵之中。

衛青一走進房裡，便看見桌上堆滿了書，高峻正埋首於書中。一看題簽，似乎都是圍棋的棋譜。衛青不禁感到有些憂鬱。高峻正在與壽雪以書信往來的方式對弈，在衛青眼裡，這也算是一種暗通款曲吧。此刻高峻的表情是如此輕鬆而柔和，更讓他感到憂心不已。

——以那個女孩為心靈的寄託，實在太過危險了。

「青，把這些書送去給壽雪。」

高峻挑出幾卷書，放在手邊。「這些書應該能精進她的棋藝。」

「……要是對她說這種話，她恐怕會生氣。」

「真的嗎？」

高峻雖然很在意壽雪的感受，卻無法理解女孩子心情的微妙變化，常常惹惱壽雪而不自知。相較之下，衛青則已經把她的脾氣摸得一清二楚了。

「好吧，那還是算了？」

「依下官之見，不如給她一些吃的。」

高峻一聽，臉上微微露出笑容。

「看來你很瞭解她……好吧，乾脆送一些點心過去好了。」

自從壽雪被禁足在夜明宮內，高峻對她的態度似乎更增添了幾分同情。可憐者，必引人憐而愛之，這是人之常情。

衛青跟隨高峻已久，很清楚高峻這個人一旦決定的事情，外人很難加以改變。他的心中除了無奈之外，也已經有了覺悟。

壽雪這個人對高峻而言，是害多利少的人物，這是無庸置疑的事情。一個不小心，或許還會成為災厄的源頭。當事態逼迫自己必須在兩人之中選擇一人時，自己會選擇保護何者？這個問題不會讓自己有絲毫的遲疑。

——如果有必要，我將會親手取那女孩的性命。

即便她是自己同父異母的親妹妹。

明明早已下定了決心，額頭的傷痕卻在隱隱抽痛。當初為了保護壽雪而受的傷，如今明明早已痊癒，傷痕卻遲遲沒有消失。

——為什麼我那時候要救她？

當初衛青告訴壽雪，自己是基於高峻的命令才救她，但那其實只是敷衍之詞。如果單純只是聽取命令之後才行動，絕對來不及救人。

自己的性命，是屬於高峻所有。這是當年剛開始服侍高峻時，便已經下定決心的事情。

但是如今，衛青的心中卻萌生了另一份感情。

衛青不禁懷疑，是烏妃以她那可怕的力量，對自己下了毒咒。

✿

隔天早上，壽雪收到了來自千里的回信。

千里的毛筆字非常美。硬瘦的字體有如他那骨瘦如柴的身軀，而筆法卻是行雲流水，沒有絲毫迷惘或疏失。明明內容談的是頗為艱澀的話題，用字卻是淺白明快，由此可看出千里不僅心思敏捷，且具有體恤他人之心。

這個傳說有著令人不解之處。

千里在信中寫道。

不解之處指的是什麼？壽雪帶著滿心的狐疑讀了下去。

最大的疑點，就是旱災和獻祭的部分。

在生產漆的地區，河底囤積了大量漆的傳說並不罕見，而且每個傳說的情節都大同小異。發現河底有漆的男人，因為想要把漆占為己有，引來了大蛇。在某些傳說裡，男人被大蛇吃掉了，但在某些傳說裡，大蛇只是守護著漆，讓男人再也無法盜取。以大蛇為河神的例子雖然不多，但倒也不是完全沒有。然而微臣從來沒有聽過男人必須獻出祭品，而且不是犧牲自己，卻是已出嫁的女兒這樣的情節。

而且既然是河神，引發的災害應該是河水氾濫或乾涸。旱災之類的災害應該是日神或雨神管轄的範疇。因為發生旱災，所以獻祭給河神，這說起來沒道理。

當初九九描述的傳說，確實是憤怒的河神引發旱災，所以必須獻祭……仔細想想，這確實不太合理。以合理性來檢視傳說的情節，的確很符合千里的風格。如果不是千里指了出來，壽雪完全沒有想到這個環節。

若不是傳承的過程中出現了以訛傳訛的狀況，就是跟其他的傳說混淆在一起了。

以訛傳訛，或是與其他傳說混淆。千里的推論還有下文。

蕪州的長勺家族，或許來自於其他地區，並非從古代就住在蕪州。

微臣這麼推測，是因為有條流經蕪州的河川，名為泗水，這條河川的下游流進了箕州，箕州的泗水南岸有個地區就叫做長勺，那裡住著許多以此為姓氏的百姓。

千里果然是個博學廣識之人。他因為體弱多病的關係，大部分時間都在看書，對許多書中知識瞭如指掌。

不過這與那漆奩是否有關，微臣還要進一步調查。

千里的信便以這句話作為結尾。但在書信的角落寫著黑四八這三個小字。那正是壽雪向他求教的圍棋招數。

「原來尚有此著。」

壽雪低聲呢喃，九九轉頭說道：

「漆奩的事情，問出端倪了？」

「嗯……然也。」

「啊，娘娘剛剛說的是圍棋的事吧？問到什麼妙招了？問人是作弊喲。」

「此非作弊。」

壽雪將頭轉向一邊，九九嗤嗤笑了起來。她將千里的信摺起，放入櫥櫃裡，接著取出了另一張紙。

「這是……？」

「昔日溫螢所查之事。」

當初爆發緇衣娘娘騷動時，壽雪曾要溫螢調查宮女與宦官們的私下關係，現下已全列在這張紙上。由於許多宮女與宦官乃因出身地相同而有所交集，所以上頭也寫明了每個人的出身地。其中有些人正出身於「箕州」，分別是泊鶴宮及鴛鴦宮的宮女。

「汝可識得此數名宮女？」壽雪問九九。

九九指著一名鴛鴦宮宮女的名字說道：

「我認識她，我每次去鴛鴦宮討廢紙，她總是很親切地找來一大堆給我。」

九九經常到各宮討不要的廢紙，回來給衣斯哈做習字之用。

「娘娘要我去問她關於長勺家族的事？」

「然也，凡與長勺、漆、旱、牲祭相關之事，皆細細問來。」

「例如像昨天的古老傳說？沒有問題。」

九九旋即起身，出殿舍去了。由於烏妃無法出夜明宮，只能由九九等人代為東奔西走。

壽雪走到階梯前，嘆了一口氣。

「娘娘。」

忽見衣斯哈奔到階梯下問道：

「燕夫人的侍女派來了使者，詢問『那天委託的事情，處理得是否順利』。」

「啊……」

這兩天一直在忙漆奩的事，竟忘了將鵲巢宮已完成驅邪除穢之事派人告知黃英的侍女。

「便言已盡全功。」

「是。」衣斯哈踏著輕盈的步伐，朝殿舍的後門處奔去。

壽雪仰望天空，心中暗忖。

——應該向長勺松娘詢問昨晚是否又出現了紅色婦人。但以自己的立場派人詢問，似乎不妥。最好還是假借千里的名義……

「……溫螢。」

壽雪輕聲呼喚。不遠處響起了一聲「是」，轉頭一看，溫螢就跪在外廊上。

「煩勞汝往飛燕宮，探問長勺松娘現況。」

「下官已經派淡海到飛燕宮確認過了，長勺松娘說昨晚什麼事都沒有發生。」

溫螢行事如此周到，讓壽雪不禁感到佩服。

「汝若在高峻左右，必然前途無量。」

讓他待在這冷清的夜明宮，可說是埋沒了人才。

「大家的身邊已有衛內常侍。」

溫螢想也不想地說道，臉上神情絲毫沒有變化。

「下官願意永遠追隨娘娘。」

壽雪聽溫螢說出這句話，除了心中有種莫名的難為情之外，卻也感覺肩膀上的沉重壓力減輕了不少。

「吾非以此語試探汝。」

「下官明白。」

秋天的豔陽，將溫螢的白皙臉孔照得熠熠發亮。

❀

就在壽雪磨起了墨，打算寫一封信給高峻的時候，晚霞又派人送來了一封信。讀完之後，她一邊磨著墨，一邊又陷入了沉思。

「娘娘，您磨得太多了。」

壽雪驀然聽見九九的聲音，才趕緊停下了動作。

「娘娘應該等我回來，磨墨這種事讓我來做就好了。」

「區區磨墨，何須假手他人？」

「我磨得比娘娘好多了。」

磨墨哪有好壞之分？壽雪心裡如此咕噥。但仔細一想，要磨到濃淡恰到好處確實不易。

「汝往鴛鴦宮，可有斬獲？」壽雪問道。從九九的表情看來，應該是有一些收穫。

壽雪將墨硯推到旁邊，吩咐九九在對面的椅子坐下。

「我問了那個箕州出身的宮女，她說她不清楚箕州有沒有姓長勺的人，不過泗水的下游流域自古以來就有漆林，聚集了不少的漆匠。所謂的漆匠，其實還可以細分為各種不同的專長。有的擅長塗漆，有的擅長鑲嵌，有的擅長繪畫。大家聚在一起，做起事來比較方便。聽說這幾年除了官府之外，還有不少豪族大賈擁有廣大的漆園，雇用高明的漆匠。」

九九接著又轉述了那宮女聽過的古老傳說。

「她說這是小時候聽祖母說過的故事。她說那時候雖然她年紀還小，但這個故事實在太過悲傷，所以留下了深刻印象，只不過一些故事細節可能會有錯……這是個關於旱災與獻祭的故事。」

九九於是描述起了那個故事。

很久以前，某個村子曾經已有三年沒下雨，河川全都乾涸了，漆樹及農作物也都全數枯萎。由於穀物的存糧已經見底，村民們活不下去，決定向日神獻祭來祈求下雨。獻祭的儀式，是以柴火焚燒祭物，讓濃煙飄向天際。村民們相信唯有這麼做，才能讓日神聽見村民的心聲。

村民們首先焚燒了一頭豬，但是沒有下雨。接著村民們又焚燒了一頭牛，還是沒有下雨。眾人相信這是因為日神實在太憤怒了，豬、牛沒有辦法讓日神息怒。

於是村民們決定焚巫。所謂的「巫」，指的是侍奉神明的女人。村民們挑上了某個男人的女兒，這個女兒已經嫁為人婦，而且也生了孩子。村民們認為日神會如此憤怒，全是這個女兒的錯。當時在那個村子裡有個習俗，一家的長女不能嫁人，必須在家裡守著家廟。被挑上當成祭品的那個女兒正是長女，卻打破禁忌，嫁到了別人家。村民們相信正是這件事惹怒了神明，導致村子多年不下雨。

村民們堆起了木柴，將女兒綁在上頭焚燒。女兒的年幼兒子在一旁大聲哭喊，儘管女兒承受著烈火焚身的痛苦，卻還是對兒子露出笑容，試圖安撫兒子。

紅色的烈焰高高竄升，幾乎到達了天際，濃煙覆蓋了整片天空。不久之後，濃煙轉化為烏雲，天空竟開始下起了滂沱大雨。

這場雨下了三天三夜，造成河川氾濫，吞沒了全村居民，只剩下女兒的年幼兒子存活了下來。女兒的兒子長大之後，成為一名技術高超的漆匠。

「……這就是我聽到的傳說。」

九九伸手輕撫臉頰，嘆了一口氣。「不管是昨天的傳說，還是今天這個傳說，都讓人聽了心情鬱悶。」

壽雪沉吟半晌，起身走向櫥櫃，取出了漆奩。

「此乃火也。」

「咦？」

「此朱漆所繪，實為烈火。」

壽雪看著漆奩上頭以朱漆繪製的婦人及周圍的紋線說道。婦人受三角形的紋線環繞，整張臉都塗成了紅色，面容帶著笑意。

「周圍紋線，盡是火焰，婦人受火光映照，故滿面皆紅……此乃婦人受焚之圖。」

壽雪說到這裡，全身不寒而慄。九九也睜大了眼睛，說不出話來。

這漆奩到底是由誰所製作？難道是後來成為漆匠的年幼兒子？

如果真是如此，這意味著那兒子依循孩提時代的記憶，將遭到焚燒卻依然面帶微笑的母親身影，以漆繪的方式留存了下來。目的是什麼？是基於對那些殺死母親的村民們的譴責，還是基於對母親的哀悼之念？

「母遭焚殺，子必遷往他處居住。況且若河水氾濫為真，便不願遷居，亦不可得。」

「那孩子可能移居到了蕪州……是嗎？」九九問道。

「此子既移居蕪州，獻祭之事亦必傳入蕪州，或與當地傳說兩相混淆。」

這麼說來，蕪州的長勺家族就是那孩子的後代子孫。

——如果真是如此，那出現在松娘面前的那名紅色婦人……

「但是這漆繪中的婦人看起來慈祥又溫柔，實在不像是在描寫那麼殘酷的往事。」

九九看著漆奩說道。正如她所言，這漆繪除了婦人面帶微笑之外，而且筆觸流暢而柔順，完全讓人感受不到一絲的恨意。

「……松娘對此婦人亦無懼意。」

壽雪看著漆繪，回想當初松娘的描述，嘴裡如此呢喃。不管是漆繪中的婦人，還是出現在松娘面前的婦人，都不會讓人感到恐懼。

九九將臉湊到漆繪的上方仔細觀察，半晌後說道：「這畫的是婦人的正面。」

「咦？」

「漆繪裡的婦人，畫的是孩子的眼中所看見的正面。她正在對著孩子微笑，所以才會那麼慈祥溫柔。」

——原來如此。

婦人的臉，是正在對著孩子露出微笑的臉。因此流露出的當然不是恨意，而是慈愛之心。畫出此漆繪的漆匠，想要呈現出的是母親對自己的關愛。

「……松娘所見婦人，應是長勺氏之守護神。」

「守護神？」

「或為婦人魂魄，或為漆匠意念技法，轉化為神，守護長勺氏子孫……」

烏妃的術法，當然對守護神發揮不了作用。

「當令千里代筆，告知此漆奩無害於人，並將漆奩歸還松娘。」

壽雪接著發出了自嘲的微笑。

「此謎得解，全賴九九之奔走、千里之博識，吾並無尺寸之功。」

「娘娘，您怎麼說這種話？」

九九瞪大了眼睛說道：

「我們的功勞，就是娘娘的功勞。」

「何出此言？」

「因為我們做的每一件事，都是為了娘娘。」

九九彷彿在說一件理所當然的事情，既沒有誇大其辭，當然也不是阿諛奉承。

壽雪眨了眨眼睛，愣愣地看著九九。

「吾亦當為汝等效命。」

九九一聽，發出爽朗的笑聲。

「我知道。」

淡海負責將寫了事情始末的書信遞送給千里，並且帶回了他的回信。根據淡海的描述，千里當時正要寫信給壽雪。

淡海帶回來的書信共有兩封，一封是壽雪委託千里寫給松娘的書信，另一封則是給壽雪的書信，內文提到了關於婦女獻祭的傳說。

千里在信中說，九九這次打聽到的傳說，確實存在於箕州的泗水流域一帶。信中還提及這個傳說也是前任冬官薛魚泳生前蒐集的諸多傳說之一。

魚泳大人記錄下了為數眾多的各地傳說。

千里以前曾經提過，魚泳死後留下了許多手稿，其中有些關於烏妃的紀錄，目前他正在整理當中，或許能夠找出一些過去不為人知的線索。

過去微臣一直認為地方上的傳說與烏妃娘娘無關，但如今考量到烏漣娘娘的半身之謎，或許忽視這些地方傳說並非明智之舉。

烏漣娘娘的半身很可能沉入了海中，而且應該是東海。

千里在信中表示他正在調查各地傳說，想要從中找出關於烏漣娘娘半身的蛛絲馬跡。

——烏的半身的下落……

只要找回烏的半身，壽雪或許就能從束縛中獲得解放。

「娘娘，要不要我送去給松娘？」

九九指著桌上的書信及漆奩說道。

「唔……」

壽雪拿著另一封書信，正想得入神，因此只是隨口應了一聲。

「但是……要是松娘的同室宮女還是很害怕，該怎麼辦才好？還了漆奩，紅色婦人一定又會現身吧？」

壽雪猛然抬起頭來，望著九九。

「娘娘，怎麼了嗎？」九九歪著頭問道。

「汝所言甚是，婦人必再現身……」

——為了什麼？

那紅色婦人若是守護之神，她是基於什麼樣的目的，才會出現在松娘面前？是紅色婦人原本一直都在，只是最近才察覺嗎？抑或，是紅色婦人最近才每天晚上出現在松娘枕邊，刻意讓她看見呢？

——如果是從以前就一直都在，沒有理由最近才發現。這麼說來，紅色婦人是最近才刻意出現，這背後必定有個原因。

壽雪站了起來。

「娘娘？」

壽雪沒有理會九九的呼喚，抓起了漆奩奔出殿舍。

✿

此時太陽已西墜，壽雪奔跑在昏暗的樹林之中。

——應該還沒有就寢才對。

九九上氣不接下氣地跟在後頭。淡海忽然從後方迎頭趕上，輕輕鬆鬆地超越了九九，跑到壽雪的面前。

「娘娘，發生什麼事了？妳要出門？」

壽雪心想，溫螢應該也隱身在暗處，於是以兩人都聽得見的聲音說道：

「吾欲往飛燕宮，汝一人先至宮門，為吾喚出長勺松娘。」

「我去吧。」

壽雪的話才剛說完，夜明宮周圍的柟樹之間忽響起溫螢的聲音。但因樹叢內太過陰暗，完全看不到他的身影，只聽見一陣腳步聲疾奔而去，有如風聲在草上呼嘯而過。

「大家允許妳外出了？」

淡海問道。

「非也。」

壽雪回答得斬釘截鐵。

「吾甘願受罰。」

「長勺松娘有危險？」

「尚未可知，願是杞人憂天。」

壽雪將漆奩緊緊抱在胸前。

——守護神忽然頻頻現身，莫非是子孫即將遇上什麼迫在眉睫的災厄？

壽雪的心中懷抱著這樣的擔憂。

秋天的夜晚總是來得特別早，當壽雪跑到飛燕宮時，周圍已籠罩在靛青的夜色之中。飛燕宮入夜之後的景象與夜明宮頗有不同，迴廊及屋簷下的吊燈都已點上，看起來明亮有如白晝。不過當繞到殿後，燈火的數量登時大減，壽雪的一身黑衣隱入暗中，僅雪白的雙手及臉頰清晰浮現。

「娘娘。」溫螢就站在迴廊邊。

壽雪奔了過去，問道：「松娘何在？」

「我請人進去叫了。」溫螢一句話才剛說完，壽雪便看見松娘自殿內深處小跑步奔了出來，帶著滿臉的狐疑表情。

「烏妃娘娘，您找我有什麼事？」

壽雪正要開口說話，不知何處傳來了類似樹枝被折彎的詭異聲響。

壽雪仰起了頭，想要找出聲音的來源，其他人也一樣。

下一個瞬間，驟然一陣宛如雷擊般的轟然巨響，掩蓋了所有的聲音。那聲響之大，就連地面也隱隱震動。站在壽雪身旁的淡海立刻拉扯她的手，讓其蹲在地上。一陣狂風挾帶著粉塵席捲而來，令壽雪不住劇烈咳嗽。

巨大的聲響雖然消失了，但每個人的耳中似乎都還殘留著餘音。四下才剛恢復平靜，不遠處又傳來了一陣陣女人們的尖叫聲。

——落雷？這種天氣怎麼會有落雷？

抬頭一看，淡海與溫螢不約而同地仰頭望著附近的一座殿舍，臉上帶著凝重的表情。壽雪沿著他們的視線方向望去，眼前一片黑暗，只隱約可見塵土飛揚。

「……咦……」

松娘忽然發出了哀號聲，整個人坐倒在地上。

「娘娘！」九九臉色慘白，撲過來緊緊抱住壽雪。

在滿天塵埃之中，隱約可看見殿舍的屋頂垮了一半。

「娘娘，請退後！可能會有瓦片掉下來！」溫螢大喊。

壽雪連忙帶著九九退後數步。九九緊緊握住了壽雪的手。

「那殿舍……莫非為宮女宿舍？」

那殿舍位於飛燕宮的後側，疑似是宦官、宮女們的住處。故壽雪朝癱坐在地上的松娘如此詢問。

松娘以顫抖的聲音點頭說道：

「我……我平常睡覺的房間就在那裡頭……」

屋頂崩塌的殿舍裡不斷有宮女跌跌撞撞地奔出來，周圍其他殿舍也湧出了大量的宮女及宦官，整個場面登時亂成了一團。

「娘娘，先回夜明宮吧。繼續待在這裡，恐怕會招惹麻煩。」

淡海急忙說道，同時在壽雪的背上推了一把。

壽雪的懷裡還抱著松娘的漆奩，但見淡海神情緊張，也不再多言，快步離開了飛燕宮。

壽雪的一身黑衣迅速隱沒在夜色之中，但其背影早已被飛燕宮的宮人們看見。

過了幾天之後，淡海打聽到了屋頂崩塌的原因。

「聽說是漏雨造成屋梁腐朽，那天晚上終於折斷了。」

「斷掉的屋梁直接壓在了一張宮女的床上，剛好就是長勺松娘的床。如果她當時躺在床上，有再多條命也不夠死。娘娘在那個時間找她，剛好讓她撿回了一條命。」

雖然松娘平安無事，但現場有很多人受傷，所幸都沒有大礙。

「這麼說來，漆繪裡的紅色婦人，是為了警告松娘這件事……？」九九問道。

「想必如此。」壽雪回答。

正因為松娘即將遇上此災，那紅色婦人才會每晚出現在松娘的枕邊，提醒松娘「不能再睡在那張床上」。

「聽說因為發生了這件事，燕夫人決定儘早搬遷至鵲巢宮。」

淡海繼續說著他打聽到的消息。

「畢竟總不能讓宮女們晚上沒地方睡覺，就算想不搬家也不行了。」

「不，聽說不是因為這個理由，而是因為燕夫人認為不吉利。」

淡海將手伸到眼前揮了揮。

「不吉利？」

「殿舍屋頂崩塌這種事情，可不是隨便都能遇到。」

「鵲巢宮死過人，不也同樣不吉利？」

壽雪不禁有些哭笑不得。要是這也忌諱、那也忌諱，天底下還有什麼地方可以住人？

「燕夫人大概是認為鵲巢宮已經受娘娘驅邪除穢了，所以沒關係吧。」

原來如此。壽雪默不作聲，看著桌上的漆奩。

「此奩當歸還松娘。」

當時飛燕宮的場面相當混亂，所以竟忘了歸還。

「我去吧，順便去看看飛燕宮的狀況。」

九九舉手說道。她曾經待過飛燕宮，想來應該很擔心朋友們是否平安。

壽雪正要把漆奩交給九九，衣斯哈忽然走了過來，說道：

「娘娘，飛燕宮的長勺松娘求見。」

——來得正好。

壽雪於是拿著漆奩，走出了房間。來到殿舍外，卻看見松娘故意站在陰暗處，彷彿不想被人看見。

「吾正欲歸還汝此物。」

「……我的漆奩怎麼會在娘娘手裡？」松娘一臉不安地看著漆奩說道。

壽雪這才想起，這件事情名義上是交給了千里處理。

「冬官託吾代為歸還。彼言此漆奩毫無問題，盡可放心。」

「原來如此……」

松娘接過了漆奩，臉上卻帶著欲言又止的表情。

「冬官另有一書與汝，汝在此稍候……」

「烏妃娘娘……」

松娘垂著頭說道：

「烏妃娘娘，殿舍屋頂崩塌的那天晚上，您為什麼會來找我？」

因為低著頭的關係，壽雪看不清楚她的表情。

「您早就知道屋頂會崩塌了？」

「……吾實不知。」

壽雪只是猜想可能會發生災厄，卻沒有辦法預測實際上會發生什麼事。

「有人說是烏妃娘娘在背後搞鬼。」

「咦？」

「那天有很多人看見您出現在現場，大家都說一定是您施展妖術，把殿舍毀了。」

壽雪一時啞口無言。怎麼會有這麼愚蠢的事情？

「我……我當然不會相信那種話……」

松娘並沒有抬起頭，反而一步步往後退。

「但如果被人知道我跟烏妃娘娘有所往來，不知道他們會怎麼說我。娘娘，您應該沒有什麼理由再來找我了吧？您不會再來了……對嗎？」

松娘忽然伸手入懷，取出了一只小布袋塞進壽雪手裡。袋裡發出了堅硬的金屬碰撞聲，裡頭放的大概是金子吧。

「這是給您跟冬官大人的謝禮。」

松娘鞠了個躬，以僵硬的動作轉過身後，像逃命一樣地奔離殿舍。

壽雪愣愣地看著前方的樹林。寒風將樹梢吹得沙沙作響，穿梭在樹林間的呼嘯聲包圍了整座夜明宮。

「娘娘，這就叫忘恩負義吧。」

壽雪轉頭一看，淡海正站在階梯上，揚起了嘴角。

——當時他所說的「恐怕會招惹麻煩」，原來是這個意思。

「……既為宮女，豈能離群獨生？」

壽雪認為不應該以「忘恩負義」來批評松娘的心態。

「娘娘，這不是妳該煩惱的事情，是那丫頭該煩惱的事情。妳只要負責生氣就行了。如果是我的話，早就將這丫頭一腳踹飛了。」

「這就是娘娘與淡海哥的不同之處。」

九九從門後探出頭來。

「餅烤好了，我去叫溫螢哥，大家一起來吃吧。」

壽雪望著淡海與九九，露出了微笑。

「甚好。」

這天夜裡，夜明宮又有了訪客。

「娘娘……」

溫螢在門外通報時，口氣帶著幾分困惑，就跟當初燕夫人的侍女來訪時一模一樣。

「莫非又是飛燕宮侍女？」

壽雪一邊咕噥，一邊打開了門。一名婦人站在溫螢的背後，那婦人的身上披著靛青色紗衣，似乎是刻意想要保持低調。壽雪依稀記得那婦人的臉。

「……昌黃英？」

那訪客正是燕夫人。實際的年齡約二十五歲，卻依然像個少女一般嬌柔孱弱。上次見面的時候，她的言行舉止給壽雪一種稚嫩、笨拙的印象。

如今再度相見，她看起來似乎瘦了一些，眉心多了幾分陰鬱，雖然還是顯得有些笨拙，但好像稍微成熟了一些。

黃英靦腆地垂下了頭，對著壽雪說道：

「我想要……謝謝妳幫忙驅邪除穢。」

黃英的聲音又細又柔，而且像鈴聲一樣清脆。

「侍女已送謝禮至，汝勿掛念。」

今天白天的時候，有使者以黃英的名義送來了不少絹帛及金銀珠寶。

壽雪仰頭望向黃英的身後。階梯的下方站著數名侍女及宦官，他們都穿著深色衣著，而且熄掉了燈火，顯然不想被人看見。壽雪仔細查看，幾個侍女之中，似乎並沒有前幾天來到夜明宮的那個年長侍女。

「汝此行來訪，未告知侍女之長？」

「因為她再三告訴我不能到這裡來。」

黃英嘟著嘴說道。那副撒嬌的口吻，依然帶著往昔的稚氣。

「侍女之言是矣，吾為拘禁之身，不得輕易見客。」

或許是壽雪的口氣太嚴厲的關係，黃英沮喪地低頭說道：

「連烏妃也要罵我？」

「……吾並無責汝之意。」

「我老是挨罵。就像移居鵲巢宮的事情，我一直說不要，她卻罵我太任性。可是我真的很害怕，烏妃應該能夠理解我的心情吧？」

「……既有懼意，責汝亦無濟於事。」

恐懼是心情上的問題，並不是靠責備就可以解決。

「妳也這麼覺得？」

黃英漾起了天真的微笑，沒有一絲心機及虛偽。或許這就是所謂的童真吧。壽雪心想，這應該算是她的優點。

——不知高峻是否也這麼想？

壽雪此刻的心情相當複雜，既有點想詢問高峻，又有點不太想問他。

「道謝既畢，可速歸。秋風刺骨，恐致風寒。」

壽雪露出一臉不耐煩的表情，揮了揮手。

黃英卻反而握住了壽雪的手，說道：

「烏妃，我是真的很害怕……我害怕住在鵲妃過世的殿舍裡……也害怕有人在我的肚子裡越來越大……」

壽雪凝視著黃英的臉。低垂的長睫毛正在微微顫抖。她的心中對於未知世界的恐懼，或許更勝於她口中的描述，已經到了幾乎無法承受的地步。

「幸好有妳幫忙，真的很謝謝妳。」

壽雪不由得全身一震。黃英的這句話，彷彿沉入了壽雪的內心深處。

黃英在侍女們的簇擁下離去了，只餘壽雪愣愣地看著燈籠的光芒在黑暗中不住搖曳。

剛剛被黃英握住的手掌，此刻還帶著暖意。

然而有一件事，壽雪早已忘得一乾二淨。

因為完全沒有得到壽雪的回應，對方已失去了耐性。

就在太陽即將下山時，淡海大喊了一聲「娘娘」，奔進了屋內。

「何事慌張？」

「大家要密訪夜明宮！」

壽雪看著淡海的臉。那表情不像是開玩笑。

——突然跑來，該不會是有什麼急事吧？

自從發生了緇衣娘娘騷動之後，高峻就再也不曾造訪夜明宮。畢竟當初是他下令壽雪閉門思過，如果自己又大張旗鼓前來拜訪，恐怕會惹人非議。不過高峻雖人無法前來，卻是三天兩頭就派人送來書信或美食。

九九與紅翹急忙去準備熱茶，衣斯哈則趕緊整理起房間。壽雪要大家不必這麼大費周章，九九又氣又急地說了一句「那怎麼行」。

好一陣子不見的高峻，看起來與上次見面時沒有什麼不同。

「近來好嗎？」

高峻的口吻依然頗為平淡。

「無恙。」壽雪回答。

「妳不再回信，朕還以為妳病倒了。」

「吾豈……回信？」壽雪歪著頭想了一會兒，忽然發出驚呼。

自己竟然把圍棋的事忘得一乾二淨。明明都向千里請教了下一步該怎麼走，卻忘了回信給高峻。

——對了，正要寫的時候，晚霞的信剛好送到……

自己讀完了信，正陷入沉思，九九又剛好回來，於是就這麼將寫信給高峻的事情拋到了九霄雲外。

「吾一時忘卻。」壽雪老實說道。

高峻只是淡淡地應了一句「原來如此」。如果衛青在場的話，想必又會朝壽雪惡狠狠地瞪上一眼。幸好他此時正在門外，並沒有進來。

壽雪心中微感歉意，說道：

「汝既親至，可在此對弈。」

一邊說，一邊取出棋盤，放在窗邊的小几上。兩人隔著棋盤相對而坐。

「吾非不敵，當日正欲作一書與汝，恰逢晚霞書至，諸事勞神，竟爾忘卻。」

壽雪一邊下子，一邊解釋道。

「……鶴妃寫信給妳？」

原本正看著棋盤的高峻聽壽雪這麼說，抬頭望向她。壽雪沒有察覺男人的視線，只顧著繼續下子。下到了千里所教的那一著，心裡有些得意。

「晚霞之兄尚在京師，吾求晚霞引介一見。」

「妳見鶴妃的兄長做什麼？」

「專為白雷。」

壽雪抬起頭來，與高峻四目相交。

「晚霞之兄或知白雷下落。彼兄弟所圖之事，必與其父不同。倘能以言詞說之，或能得其相助。」

高峻低下了頭，沉默半晌後說道：

「……鶴妃的兄長也還罷了，白雷這個人還是別接近為妙。」

高峻的口氣雖然溫和，卻說得斬釘截鐵。

「何出此言？」

「朕猜想妳大概是想借助巫術師白雷的力量，破除香薔的結界……」

壽雪點了點頭。高峻接著卻面無表情地輕輕搖頭說道：

「但他曾陷害過妳多次，朕實在不認為他會願意幫忙。妳這做法，朕並不贊同。」

高峻很少像這樣直截了當地推翻壽雪的主張。她聽了倒也沒有反駁，畢竟高峻這麼說也不是沒有道理。

「……吾有一策，或可令他相助。」

「妳有什麼計策？」

「要行此策，須與白雷一談。若不能親見，書信往來亦可。」

高峻微微皺眉，看著棋盤說道：

「最好不要冒險見他。真的要談，就寫信吧。」

壽雪心裡也是如此盤算。一旦見了面，要是白雷又企圖下咒，對付起來也挺麻煩。

「鶴妃的兄長也須提防。在摸清對方的想法之前，別輕易託付此事。」

「吾正欲探其心思。」

高峻又沉默了一會兒，才開口問道：

「鶴妃有何回應？」

「晚霞言若得汝恩允，當為吾遊說其兄。」

高峻將雙手交叉在胸前，垂下了頭，似乎正在盤算著什麼，但從表情完全看不出其心中的想法。

「就約在弧矢宮……不，東院或許比較好。」

高峻如此呢喃之後，望著壽雪說道：

「就把鶴妃的大哥叫到東院來吧。朕正好也想和他談談。」

「汝亦欲見晚霞兄長？」

「是啊，如果他的立場與其父朝陽不同……」

高峻說到一半，就沒有再說下去。沙那賣家族的當家朝陽雖然是高峻的協助者，卻是壽雪的敵人。不，稱之為敵人或許有些言重，但總之絕對不是朋友。然而若要追根究柢，高峻才是最不可能成為壽雪朋友的人物。

因為壽雪不僅是必須終生不得出後宮的烏妃，而且還是前朝皇室的餘孽。

——這個男人總是選擇最艱困的道路……

有時壽雪實在很想知道那到底是什麼樣的一股信念，在支撐著高峻的心靈。是誠信？是大義？是憎恨？抑或以上皆然？

一個人的心靈必有其根幹，亦必有其輪廓。壽雪卻連其輪廓也還看不清楚。

高峻凝視著壽雪的眼神，總是如此溫和而平靜，每當她望向高峻的雙眸，總是會聯想到安靜沉積於地面的白雪。

驀然間，高峻的視線下移，以輕描淡寫的動作將一顆白子放在棋盤上。

「……嗯？」

壽雪眨了眨眼睛，將身體湊過來。

「我們剛剛下到這裡，對吧？」高峻淡淡地說道。

「……然也。」

壽雪皺起了眉頭，目不轉睛地瞪著棋盤。

「需要寫信問問千里嗎？朕不會介意。」

原來高峻早已知道壽雪偷偷寫信問千里的事情。

「不需。」

「任何人下棋都會有一貫的棋風，一旦下了違背棋風的棋著，就證明那是別人想出來的棋著。」

高峻特地向壽雪解釋。他的表情絲毫沒有變化，更是讓她看得怒火中燒。

「妳的棋風向來是直來直往，千里卻是老謀深算，混在一起反而會讓妳迷失方向。」

壽雪一句話都無法辯駁。看來耍小手段對這個男人發揮不了作用。

「朕本來想送一些棋譜來給妳，但衛青建議不要，他說這麼做會惹怒妳。」

「此等小事，何須動怒？」

「既然是這樣，朕晚點再派人送來。」

高峻慢條斯理地起身說道：

「妳慢慢想，在朕下次來訪之前想出來就行了。朕還有事，得先離開了。」

才坐沒多久，就要離開了。壽雪心想，身為皇帝應該相當忙碌，當然沒辦法在這裡長時間逗留。

高峻走到門口，忽然又轉過頭來，對著壽雪說道：「朕看妳挺有精神，著實放心了不少。朕本來擔心妳沒辦法離開夜明宮，會感到氣悶呢。」

「各方書信紛至沓來，回信尚且不及，何來氣悶之有？」

「原來如此。」

高峻的眼神頓時變得柔和。每當這種時候，壽雪總是認為自己終於窺見了他的內心深處。那帶給壽雪一種祥和而溫柔的感覺。但這種感覺須臾間便會消失，高峻馬上又會變得讓人捉摸不透。高峻旋即轉過身，帶著衛青離開了夜明宮。

彼時太陽正緩緩西墜，泛著金光的雲朵高掛在天際，餘暉灑落在高峻的背上。

隨著秋意漸濃，風也變得又乾又冷。一陣陣乾燥的寒風颳進了夕陽籠罩下的弧矢宮，令燈火不住搖曳。環繞著殿舍的銅幡互相摩擦，發出瑟瑟聲響，讓人聯想到往復不息的潮水聲。若是閉上雙眼，甚至會有種置身在海中的錯覺。

高峻抬起了頭。一名年輕人走了進來，在他的跟前跪下，正是令狐之季。

「朕要你去一個地方。」

高峻劈頭便這麼說道。語氣極為平淡。

「請陛下吩咐……」

之季的態度雖然恭敬，溫厚的表情卻帶了三分狐疑。

「朕要你去解州。」

「為了鹽的事情嗎？」

心思細膩的之季旋即道：「豪族鹽商羊舌氏正是在解州。」

「沒錯。」

對高峻而言，和之季說話是一件很輕鬆的事，因為只要起了個話頭，他馬上就會知道自己的心意。當然太過善於察言觀色，有時也不是一件好事。

「微臣聽說羊舌氏在前朝時代失勢之後，便從此不再過問朝政……」

高峻點頭說道：「羊舌氏曾經為了鹽政的問題，與當時的皇帝發生爭執。朕現在想要拔擢羊舌氏進入朝廷。」

高峻說得簡單扼要。之季低頭看著地板，不知在思索著什麼。

鹽是朝廷的專賣之物，朝廷擁有鹽的壟斷販賣權利。換句話說，鹽雖然是生活所不可或缺的必需品，卻只有朝廷可以販賣，朝廷可以任意決定鹽的價格。故不管價格再昂貴，百姓也只能掏錢購買。鹽對朝廷來說，就像是一棵搖錢樹。為政者想要獲得龐大的金錢，最簡單的方法就是提高鹽的售價。

前朝的末期，朝廷將鹽價設定得極高。改朝換代之後，鹽價一度下降，百姓不得擅自製鹽的限制也放寬了不少。然而到了先帝的時代，朝廷卻又調高鹽價，而且一口氣調高至五十倍，甚至一度高達數百倍。這當然是當時的皇后一派所推行的暴政。凡是上諫反對者皆遭到誅殺屠戮，不知有多少臣子為了鹽價問題而慘死刀下。

「陛下登基之後，不僅將鹽價調降至正常的價格，製鹽之事也交給鹽商全權負責，這是相當賢明的政策。」

「朕只是從雲永德的口中聽到了羊舌氏的建議，並且接納了其中的一部分。」

前任宰相雲永德，在高峻還是皇太子時擔任太師的職務，也就是皇太子的老師。高峻從永德身上學到了很多事。當年永德曾經提過「羊舌氏只是一介鹽商實在是太可惜了」。

「陛下讓羊舌氏參與朝政……」之季臉上閃過一抹憂色。「並非為了優待鹽商。」

高峻不等之季提問，已先對之季解釋道。由於鹽是一種能夠帶來龐大利益的商品，鹽商往往財大勢大，過去甚至有鹽商憑藉其勢力作亂造反的例子。由朝廷統一管理鹽的買賣，正是為了避免鹽商過度坐大。

「陛下在這方面顧慮得相當周到，微臣一點也不擔心，只不過……」

之季所擔心的是另外一件事。

「羊舌氏雖然因為和前朝皇帝對立而遠離朝政，但在前朝畢竟是歷史相當悠久的重臣世家……」之季說出了問題的核心。

高峻的臉上表情絲毫沒有改變，之季卻是滿臉苦澀，有如肩上扛著沉重之物。

「陛下想要錄用前朝遺臣……？」

之季忍不住低聲呢喃，那聲音卻被有如潮水聲般的銅幡摩擦聲掩蓋了。

黑鹽

「之季今天清晨出發了。」

宰相何明允向高峻稟報。令狐之季一直借住在明允的宅邸裡。

「先從濰水順流而下，再沿著海岸線北上，三天就能到解州。」

雲行德慢條斯理地說道。行德是永德的次男，他的性格正如同他的體格一般圓潤而柔軟，與其父可說是截然不同。

高峻瞇著眼睛，望向搖曳於水面的燦爛陽光。

三人此時正坐在洪濤院蓮池內的一葉小舟上，除三人外，負責執櫂的是衛青。這時期蓮花早已謝了，水面上只剩下冷冷清清的殘荷枯梗，反而有一種寂寥情趣。

「家父曾經說過，要說服羊舌氏出仕，恐怕並不容易。」

「之季當可完成此大任。」

明允口吻平淡，甚至帶了一絲冷漠。不過這是他向來的一貫態度，並非刻意冷落。

行德見了明允的冰冷態度，似乎也並不在意，豐腴的臉上漾起悠哉的微笑，說道：

「解州的鹽可美味了。同樣是鹽醃蕪菁，用解州的鹽會好吃得多。」

明允露出一臉不以為然的表情，彷彿在說著「天底下的鹽不都是一樣的味道」。他本來就是個沒有口腹之慾的人，對他來說，攝取鹽只是為了維持身體健康。

「是真的，你就當作被我騙一次，吃吃看解州的鹽吧。一般品質較差的白鹽，會有很重的苦味及臭味，但是解州的鹽吃起來口感溫和，完全沒有異味。」

行德比手畫腳地說個不停，明允不知如何應答，只能勉強說道：「好……」

高峻淡淡一笑。

老邁的永德卸下了宰相職務後，高峻便讓其子行德進入了朝廷的權力中樞。行德的表現甚至超越了高峻的期待。

明允是個相當精明的男人。但是正因為太過精明，不管是想法、態度還是談吐，都有些太過鋒銳。年紀才四十出頭的他，完全是靠著自己的能力才爬到現在的地位。正因為如此，他與名門望族向來處得並不好，而且他似乎並不打算改善這樣的人際關係。宰相的性格，會對朝廷的風氣造成非常大的影響。高峻擔心明允的作風太過鋒芒畢露，會影響廟堂的和諧。

行德的性格與明允完全不同。行德沒辦法像明允一樣舉一反三，只要稍微點一下就知道該怎麼做。但這並不表示行德是個腦筋笨拙的駑鈍之才。行德最大的優點，是溫厚、包容力強，而且做事沒有稜角。不管是作風鋒銳的明允，還是對朝政懷抱不滿的名門望族，在遇上行德時都會在不知不覺中展現出友善的一面。如今行德代替父親成為名門望族的領袖人物，成功維繫住了名門望族與明允之間的和平。這完全得歸功於其人品性格，就連明允，也絲毫不敢小看行德。永德似乎一直認為性情溫厚是次男的最大缺點，不過那或許是因為永德是行德的父親，因此有些過於嚴厲了。

「話說回來，陛下竟然能想到羊舌氏，難不成陛下的背上長了眼睛？」

行德笑著說道。解州在京師的北方，而且中間還隔了高山，就像是在眼睛看不見的背後一樣，因此行德才會說出「背上長了眼睛」這種話。

「朕只是將永德的話記在心裡而已。」

這確實很像是高峻會說的話。在他的心中，永遠都有著對永德的尊敬及體恤之意。

「陛下……」行德的眼神中流露出了對父親的愛，說道：「真是榮幸。家父要是聽見了，一定會非常開心吧。」

名門望族的人士大多有著極深的城府，很少會像這樣坦率表達出自己的心情。這也正是行德的人緣這麼好的原因之一。

小舟回到岸邊，高峻上岸後便回到了內廷。行德多半已經準備要回家了，明允則可能還會留下來工作吧。大多數官吏的生活作息，都是天一亮就進城辦公，到了中午就各自返家。

高峻在凝光殿前下了轎子，一踏入殿舍，登時感覺到一股涼意。石製地板配上高聳天花板的殿舍結構，雖在夏天相當涼爽，但是越接近冬天，越會感覺腳底下傳來一絲絲寒意。

「大家。」

一聲聲清脆的腳步聲中，傳來了背後衛青的呼喚聲。皇帝身邊的宦官雖多，卻只有衛青會隨著高峻進入房內。

「什麼事？」

「……為什麼……要拔擢羊舌氏……？」

衛青的口氣中帶了三分遲疑。他負責的是內廷事務，平日極少針對朝政表達自己的想法。高峻朝衛青瞥了一眼，繼續走進房內，坐在榻上，才開口說道：

「朕認為他很適合擔任鹽鐵使。」

鹽鐵使顧名思義，是負責管理鹽、鐵的官員，這是一種令外官，高峻可以依自己的裁量決定人選。

衛青的表情頗為凝重，彷彿有著千頭萬緒。

「但他是欒朝的遺臣。」

「……」

「大家為何會做出這樣的決定？」

衛青以焦躁的口吻說道：

「在知道『那一位』的真正身分的人眼裡，錄用羊舌氏恐怕有著重大的意義。」

那一位，指的當然是壽雪。

「雖然羊舌氏在欒朝就已經失勢，但如果他在受到錄用後企圖復興欒朝……」

「到處都存在著威脅，要是像這樣處處提防，什麼事也做不了。」

「但是……」

「既然是個威脅，與其任由他在地方上遊走，不如讓他進入朝廷體制，朕才好管控。」叛亂大多發生在遠離中央的地區。一旦豪族與商人聯手，就能夠憑藉其雄厚的財力迅速擴張勢力。羊舌氏不僅是豪族，而且也是富可敵國的鹽商，再加上其根據地在解州，由於隔了重重山脈的關係，消息很難即時傳入朝廷，放任羊舌氏在解州自由行動絕非良策。

「還有更重要的一點。」高峻接著說道：

「羊舌氏所擁有的鹽商人脈，以及鹽政方面的知識，無人能出其右。」

高峻說得斬釘截鐵。

「朕需要他這樣的人才。」

衛青不再言語，默默泡起了茶。

一陣陣海風在皮膚上輕拂而過，將種種的異味送入了鼻腔之中。那是被海浪打上沙灘的海草氣味嗎？還是死魚的腐臭氣味？抑或是隨著潮水從遠方漂來的異國氣味？

之季眺望著眼前浩瀚無垠的深藍色大海。海面相當平靜。解州的海與洞州之類西側地區的海截然不同，大部分的時間都是風平浪靜，漲潮與退潮的差距不大，因此適合製鹽。這一大片沙灘，正是解州最大的製鹽區。

沙灘上建著堤防，堤防內就是鹽田。一群綁起了衣服下襬的婦人走在堤防上，肩上各自挑著扁擔，扁擔兩頭掛著水桶，桶內裝的都是海水。每一名婦人的小腿都被豔陽曬得黝黑，上頭沾滿了沙子。

將海水灑在鋪滿了沙子的鹽田裡，不久後海水就會被太陽曬乾，鹽的結晶會黏附在沙子上。鹽工將這些沙子刮起，倒入事先挖好的深孔內。鹽會溶解在孔內的水中，鹽工接著會將最上層的水舀起，倒入大鍋內熬煮，把水分煮乾，剩下的就是鹽。製鹽的方法有很多種，這個沙灘的製鹽法只是其中之一。

放眼望去到處都是鹽田，到處站著男丁，有的拿著鋤頭不斷鋤動沙子，有的正將沙子倒入孔內。鹽田的旁邊有很多小屋子，屋前冒出一陣陣煮鹽的煙霧。

「令狐大人，請往這邊走。」

在負責引路的州官催促下，之季離開了沙灘。

沿著一條彎曲蜿蜒的坡道往上走了一陣子，便看見一排高牆。在烈陽的照耀下，牆面白得刺眼。之季原本以為那白牆應該是庭院的圍牆，走到近處一看，才發現那是一棟巨大宅邸的側牆。宅邸的後側是一大片山丘，高聳的白牆圍繞著整棟宅邸，從外側完全看不見裡頭的模樣。窗戶非常小，出入口是一扇大木門，雖然上頭有著整片魚、龜圖案的精緻浮雕，但木門本身非常粗厚而堅固，整棟建築物有如一座碉堡。美麗的白牆與灰色的屋瓦形成了強烈的對比，白牆的材質是看起來非常堅硬的白石，如果仔細觀察，會發現白色之中其實混雜了一些黑色及灰色的細點。

「這是從北方山脈採來的石塊。」

那官員見之季停下腳步，於是向之季說明道。

「山區不產鹽，因此山上的居民自古以來都會開採石塊到山下換鹽。除了石塊之外，有時也會用柴薪來換。煮鹽需要大量的柴薪，這叫各取所需。」

那官員的年紀頗大，爬坡似乎相當吃力，頻頻拿著手帕擦汗。原本那官員說要搭馬車，但之季想要多花一些時間細看沿途景色，因此堅持要以徒步的方式上坡。

「北方山脈開採出來的這種白石，有傳說是大海龜神的神骨。」

官員收起手帕，轉身繼續邁步，之季跟在後頭問道：

「羊舌家從以前就一直在這裡販鹽嗎？」

「好像是吧……羊舌這姓氏聽說也與鹽有關。」

「羊舌與鹽有關？」

之季歪著腦袋，完全想不出這兩者的關係。那官員笑了起來，露出兩排牙齒。

「羊很喜歡鹽，只要看見鹽就會舔個不停，從前曾經發生過山上的居民牽著羊下山換鹽，羊卻把鹽袋咬破，舔起了裡面的鹽。被羊舔了的鹽塊，當然就賣不出去了。從此之後，任何人想要將羊牽進鹽區，都必須先將羊的舌頭割斷。」

「原來如此。」之季心想，這習俗挺有意思。曾經在國內各地擔任過地方官的之季，聽過很多像這樣的習俗，其中有很多都相當耐人尋味。

「我在洞州的山中，也曾聽過不能讓鹿舔鐵塊的習俗。」

「哈哈哈，看來到處都有類似的習俗。令狐大人，你曾經待過洞州？那可是踏鞴眾的聚集地。」

「是啊，那裡的海岸緊鄰高山，不像這裡那麼風平浪靜。」

「聽說洞州不僅住的人粗暴，連海也很粗暴。相較之下，這裡的人就跟這裡的海一樣溫和，只有羊舌的首領是凶神惡煞。」

那官員說完之後哈哈大笑。所謂的羊舌首領，指的就是之季即將會見的羊舌家當家。

「凶神惡煞……？」之季登時滿臉憂色。

官員搔了搔頭頂，揮手解釋道：

「放心、放心，雖說是凶神惡煞，倒也不至於突然揮拳揍人。而且我想令狐大人應該會受到他的賞識。」

「但願如此……」之季仰頭望向宅邸的大門。

君主將敵人納為臣子的例子，在史書上不算少見。而且這些例子的主角，大多是賢能的明君。從敵人的角度來看，能夠成為明君的勁敵，代表能力肯定不差。而且正因為對手是明君，所以才會願意棄暗投明。

羊舌氏雖然曾是欒朝的重臣世家，但早已因為與皇帝對立而下野，嚴格來說稱不上高峻的敵人。然而羊舌氏是否對現在的王朝抱有好感，則不得而知。

——摸清楚羊舌氏的想法，也是此行的重要目的之一。

如此重大的任務，高峻竟然渾若無事地託付在之季的肩上，光從這點就可以看出高峻對他相當信任。

這讓之季感到既榮幸又欣慰。那甚至不是「期許」，而是「信賴」。高峻相信自己一定能夠成功遊說羊舌氏。

羊舌家的家僕將之季請進了接待訪客用的廳堂內，靜候屋主的到來。不一會兒，迴廊上傳來了腳步聲，之季趕緊端正了坐姿。聽說羊舌家的當家已年近古稀，之季原本想像那是個有如枯樹一般的龍鍾老人，然而實際走進廳堂的那人，卻令之季大吃一驚。

之季的體格本就頗為高大，沒想到那人比之季更加魁梧得多，看上去精壯而結實，被太陽曬得黝黑的臉上有著一條條極深的皺紋。兩道眉毛又粗又厚，五官輪廓相當明顯，眼神有如老鷹般銳利。雖然霸氣凌人，卻不顯得野蠻，走起路來自帶一股威儀。

他就是羊舌家的當家，羊舌慈惠。

「堂堂京師學士，怎麼會來拜訪老夫這鄉野鹽商？」

慈惠在之季的對面坐了下來，以低沉的嗓音說道。那聲音有若洪鐘，顯得中氣十足，然而那眼神卻帶著三分的戲謔之色。

至少到目前為止，對方並沒有表現出明顯的敵意。之季暗自吁了口氣，但絲毫不敢鬆懈，開口說道：

「陛下派我來迎接足下至京師。」

「你要押老夫到京師……？老夫可不記得自己犯了什麼罪。」

「我說的是迎接。陛下想要任命足下為鹽鐵使。」

之季開門見山地說道。

「噢？」

慈惠目不轉睛地看著之季。那充滿威嚴的目光令他不禁受到震懾。半晌之後，慈惠忽然瞇起了雙眸，發出爽朗的笑聲。

「看來陛下不僅膽識過人，而且心思細膩。」

之季不明白慈惠為何這麼說，只能默不作聲。

「老夫是個鹽商，從陛下所施的鹽政看來，可以看出陛下有著體恤萬民之心，卻同時也是位老狐狸。」

之季不禁感到有些納悶。在之季的眼裡，高峻雖然有著深思熟慮的性格，但絕稱不上是什麼老狐狸。

「陛下不僅有先見之明，而且還沉得住氣，這不是老狐狸是什麼？令狐大人，你認識現任的洞州節度使嗎？」

之季雖然不明白慈惠為何突然提到洞州，還是點了點頭。所謂的節度使，指的是負責統籌管理地方施政的官員。派任於洞州的節度使，又稱「西邊節度使」，管轄的範圍並非只有洞州，而是包含了洞州在內的西方諸州。

「我不曾和他當面交談，但卻也大致瞭解這號人物。我曾經擔任過前一任節度使底下的掌書記。」

「既然如此，你對踏鞴眾應該也很瞭解。那是一群鐵匠，冶鐵需要大量的柴薪，所以他們會到山上伐木。近年來鐵的需求量大增，他們伐木的範圍竟然延伸到我們的北方山脈來。我們製鹽也需要相當多的柴薪，所以自古以來北方山脈的柴薪都是運用到解州作製鹽之用。如今那些踏鞴眾開始染指北方山脈，雙方因此爆發了地盤之爭，你知道這件事嗎？」

「有所耳聞。」

踏鞴眾有著粗暴、好武的民風，經常在各地與其他地區的居民發生衝突，山上的地盤之爭也是其中之一。

「現在的洞州節度使很有兩把刷子，將那些踏鞴眾約束得很好，不讓他們跨越州界，來跟我們搶地盤。節度使是由陛下所任命，其所採取的行動亦全是由陛下授意。換句話說，陛下早就開始對老夫施恩惠了。」

「原來如此……」之季恍然大悟，對高峻不禁大為嘆服。

節度使也是令外官，由高峻直接任命。

——原來陛下從很久以前，就已經決定要拔擢羊舌氏為鹽鐵使了。

高峻敢拔擢前朝遺臣羊舌氏為鹽鐵使，可謂膽識過人。布局的方式經過深思熟慮，而且能夠耐心等候時機成熟，可謂心思細膩。

「先帝的時代，鹽商都被朝政搞得苦不堪言，直到陛下登基，我們才如臨大赦。令狐大人，到頭來只有『心』才能改變人的行為。」

慈惠笑了起來，接著說道：

「陛下為政，確實秉持著『心』。能夠為陛下賣命，都是幸福之人。」

「這麼說來，你應該……」

之季的臉上洋溢著興奮之情。

「但是……」慈惠將頭轉向一邊，表情蒙上了一層陰影。

「真是對不住，老夫已經無心從政……這些年來，老夫已喪失了從政的精力。」

慈惠的表情突然像是老了數歲。之季心想，難道是前朝失勢的經驗令他餘悸猶存嗎？然而從慈惠的神情看來，問題似乎並沒有那麼單純。

——到底是怎麼回事？

此時如果糾纏不清，恐怕會引起慈惠更大的反彈。但是站在之季的立場，也不能輕易打退堂鼓。

「如果能夠讓你重獲精力，你應該就會願意從政了？」

之季伸手入懷，取出了一樣東西，放在桌上。那東西以絹布包起，看起來似乎是某種珍貴之物。慈惠一臉狐疑地看著那布包，說道：

「你們應該不會愚蠢到想要賄賂老夫吧？」

「這是陛下吩咐我轉交之物，我也不知道裡頭是什麼東西。」

這句話確是事實。高峻只告訴之季「如果慈惠不肯任官，就把這個東西交給他」，之季並沒有打開來確認裡頭的東西。

之季將布包推到慈惠的面前。慈惠隨手拿起，解開上頭的結。

布包裡頭是一隻木雕的鳥，僅巴掌大小。從羽毛、鳥喙到圓滾滾的眼睛都雕得維妙維肖，看起來彷彿隨時會展翅高飛。

「……燕子？」

慈惠大感愕然，抓著那木雕翻來翻去，從各個角度仔細打量，卻看不出個所以然來。

「陛下還要我轉達一句話……『這是使用後宮的楝樹樹枝所雕的燕子』。」

慈惠聽了這句話後，好一會兒沒有開口，只是漠然地凝視著那木雕。半晌之後，他忽然抬起頭，說出了驚人之語：

「老夫有一個要求，只要你能夠答應，老夫就隨你去京師。」

「什麼要求……？」

之季登時感到惴惴不安。慈惠如果提出事關俸祿、領地之類的要求，這些都不是他能夠決定的事情。然而慈惠的要求，卻是完全出乎意料之外。

「為了老夫過世的女兒，老夫想要拜託烏妃一件事。」

之季驚訝得說不出話來。

✿

之季離開了之後，慈惠將雙手交叉在胸前，凝視著那木雕的燕子。

這是使用後宮的楝樹樹枝所雕的燕子。

這是高峻告訴慈惠的一句暗語。

楝樹又名欒樹。燕子因為身體大部分是黑色，所以又稱烏衣。

——後宮有欒氏的後人，身上穿著烏衣。

在後宮身穿烏衣之人，自然就是烏妃。原本以為已經遭到滅族的欒氏一族竟然還殘留著血脈，而且成了後宮裡的烏妃。

「唔……」慈惠仰望天花板，忍不住發出低吟。

——竟然會有這種事……

如果這是事實的話，只能說命運是如此捉弄人。

然而更讓慈惠百思不解的，是皇帝心中所打的算盤。他為什麼要把這件事告訴曾是欒朝臣子的自己？

難道這只是把自己引誘到京師的誘餌嗎？如果是的話，這樣的誘餌未免太危險了。

——真是讓人摸不透。

為了拖延時間，以及摸清楚皇帝的意圖，慈惠使用了一招緩兵之計。那就是對烏妃提出的「委託」。

「那是燕子嗎？好可愛。」

走過來收拾茶杯的侍女，看著桌上的木雕說道。慈惠的妻子及獨生女都已過世，慈惠本來認為自己不需要侍女，但族人們覺得當家畢竟需要有人照顧，因此還是安排了一名侍女在宅邸內。那是個相當聰明伶俐的女孩，在生活上幫了不少忙。

「看起來好像隨時會飛起來呢。」

那侍女說道。

經侍女這麼一說，慈惠再次打量那木雕燕子。那燕子擺著張開翅膀的動作，似乎隨時會一飛衝天。

慈惠又陷入了沉思。

壽雪看著高峻派人送來的信，心中充滿了疑竇。那信裡以非常正式的口吻，聲稱有件事想要請烏妃幫忙。

壽雪心裡有不好的預感，明白這一定又是椿麻煩事，但還是依照信中的請求，前往了洪濤院。當然為了不引人側目，她這次也穿上了宦官服色，溫螢與淡海也都隨行在側。

然而在洪濤院裡迎接壽雪的人並不是高峻，而是之季。回想起來，信中確實寫著詳情將由之季轉告。

之季的神情一如往昔，平易近人卻帶著三分落寞，袖子上同樣有一隻幽鬼的白皙玉手，那是他過世妹妹的手。

壽雪總覺得自己跟之季這個人合不來，因此每次見到他，心情都有些憂鬱。

「有件事情要懇請烏妃娘娘幫忙，陛下已經恩准了。」

「准或不准，由吾決定。」

「今天這件事，請娘娘無論如何一定要答應。」

壽雪皺起了眉頭。

「汝便有天大難處，與我何關？」

「有難處的不是微臣，而是陛下，以及整個朝廷。」

之季見壽雪沉默不語，心裡就當她已經答應了，接著說道：

「解州有個叫羊舌慈惠的人物，陛下想要任命他為鹽鐵使，派我前往解州迎接，但他不肯輕易出仕。」

壽雪一點也不感興趣，心裡只覺得這件事跟自己毫無關係。之季見壽雪一聲不吭，也不以為意，接著說道：

「那羊舌說，要他出仕有個條件，那就是為了他過世的女兒，他想要拜託烏妃娘娘一件事。只要娘娘同意幫忙，他就會上京。」

壽雪蹙眉說道：

「此為朝廷之事，何乃無端牽累吾？」

「烏妃娘娘，話不是這麼說……」

「終究須怪汝未盡使者之責，卻要吾為汝收拾善後？」

這次輪到之季默不作聲了。他低下了頭，臉上帶著幾分懊悔之色。

——之季這個人雖然看似和善，其實個性相當頑固而且不肯服輸。

「娘娘說得沒錯，微臣無地自容。但微臣懇請娘娘答應這件事，並非為了微臣，而是為了陛下，同時也是為了羊舌慈惠。」

壽雪凝視著之季。

——為了羊舌慈惠……？

「羊舌所求，與其故女有關？」

問出這句話的同時，壽雪不禁感慨自己實在是耳根軟，禁不起別人的懇求。

「沒錯，羊舌的妻子因病早逝，兩人原本育有一女。」

「此女也已夭折？」

「說起來實在很可憐，羊舌之女並非死於疾病……請娘娘看看這個東西。」

之季從懷裡掏出一只布包，將布攤了開來。

布包裡放著一枚雙殼貝，外型看起來像是蛤蜊，並以麻繩綁住。貝殼裂了開來，從縫隙可看見裡頭似乎塞滿了黑色沙子。

壽雪一看，登時雙眉緊蹙。

「羊舌的女兒乃是因詛咒而死。」

❀

之季一邊觀察壽雪的神情，一邊說出了當初慈惠所告知的來龍去脈。

「羊舌的女兒某天忽然毫無理由地昏厥，過沒多久就斷氣了。遺體的旁邊就放著這枚貝殼……貝殼裡塞的黑色東西是藻鹽，這種鹽由於顏色為深黑色，故又名黑鹽。」

藻鹽是利用海藻所製造的鹽，這種製鹽法比海沙製鹽法的歷史更加悠久。做法是將海藻曬乾之後，將海水灑在上頭，使表面的鹽分溶解，然後將鹽分濃度變高的海水進行烝煮，便可取得鹽塊。以這種方式製鹽，海藻的色素會進入鹽中，所以鹽塊會呈現深紫褐色，故又稱黑鹽。相較之下，以現在的手法製造的鹽由於顏色白皙，故又稱白鹽。

「羊舌一族的耆老聲稱這是受了詛咒。聽說黑鹽自古以來常被用在祭神活動上，有時也會成為詛咒的材料。羊舌慈惠說他完全想不透女兒為什麼會遭詛咒而死，他想知道這背後的隱情。因此他期待烏妃娘娘能夠為他解惑，請娘娘務必答應。」

壽雪靜靜地聽著之季的說明。

當壽雪像這樣不發一語地坐著，看起來就只是個平凡的年輕少女。因為壽雪有著嬌小而白皙的臉龐，以及宛如黑玉一般光澤透亮的瞳孔，配上那只有十多歲少女才能擁有的柔軟臉頰輪廓。當之季在說話的時候，壽雪有時會低頭思索，有時會轉動眼珠，看起來也像是隻注意力被獵物吸引的貓。而當那視線微微上移，投射在之季的臉上時，總是讓他感到心跳加速。每當被這少女凝視著，之季就會感覺到心中湧現一股莫名的罪惡感，宛如是在承受著無言的責備。他忍不住輕輕撫摸自己的袖子。那沒有血緣關係的妹妹小明的幽鬼，不知是否依然緊緊抓著這隻袖子？

「是何姓名？」

壽雪惜字如金地問道。

「咦？」

「此女是何姓名？」

之季愣愣地看著壽雪。這個問題意味著壽雪接受了之季的請託。不，應該說是慈惠的請託才對。

「羊舌瑛。」

之季放下了心中的大石，聲音不由得有些微顫。

「亡時年幾歲？」

「二十二歲。」

之季見壽雪的眉毛微微抖了一下，嘴裡「嗯」了一聲，不明白那代表什麼意思。

「何年夭折？」

「十五年前。」

「亡於解州？」

「沒錯。」

壽雪輕輕點頭，說道：

「既是如此，當往解州。」

「……咦？」

「當往解州，探其委細。」

「娘娘是要微臣做這件事？」

「然也。」

之季見壽雪說得一副理所當然的表情，一時有如丈二金剛摸不著頭腦，說道：

「微臣……並非聽命於娘娘。」

壽雪不耐煩地皺眉說道：

「汝真要吾明言？此事因汝而起，若汝說得羊舌，何來今日之事？既是汝出使之失，汝不自助，尚待何人相救？」

之季被壽雪說到了痛點，登時啞口無言。身為使者，不僅沒有達成任務，而且還接納了對方提出的交換條件，這樣的表現可說是相當差勁。高峻不希望以強迫的方式錄用羊舌，因此沒有發出正式的敕令，但既然皇帝有延攬的意思，有沒有敕命都沒什麼不同。

之季背負了高峻的信賴，卻沒辦法說服羊舌接受官職，光是這一點便已讓之季懊惱不已。更何況如果沒有高峻事先準備好的木雕，之季恐怕最後只能鎩羽而歸，連讓對方提出交換條件的機會都沒有。

「好吧，微臣知道了。」

之季凝視著壽雪的雙眸，說道：

「但是微臣得先徵得陛下同意。」

壽雪點了點頭：

「查探若無斬獲，招魂亦無不可，但切勿倚仗招魂而疏於查探。即便死者之魂，亦非無所不知。招魂僅以一次為限，不可輕易施為。」

之季點頭補充：「既然是死於詛咒，可能死者自己也是一頭霧水。」

死者很可能不知道自己是因為什麼緣故，遭到誰的怨恨。如果是無端遭人挾怨報復，也只能自認倒楣。

壽雪低下了頭，看著那塞滿了黑鹽的貝殼。

離開洪濤院的時候，壽雪轉頭對送出門外的之季說道：

「依吾之見，羊舌慈惠恐為羊皮狸身，不可小覷。」

之季不明白壽雪這麼說是什麼意思，不解地回應道：

「羊皮狸身？那身材恐怕應該稱作熊身比較恰當吧？」

壽雪愣了一下，眨了眨眼睛。此時的神情，又像個稚嫩的孩童。

✿

「到頭來娘娘還是接下了委託。」返回夜明宮的路上，淡海笑著說道。

壽雪轉過頭，輕輕瞪了他一眼。

「吾未曾相助分毫，令狐之季當自為之。」

「現在沒有幫忙，之後就很難說了。」

壽雪沒有再答話，轉頭繼續邁步。

自從跟之季見面之後，總覺得胸口異常沉重。

不知道為什麼，壽雪只要一看見之季，胸中就會感覺彷彿有一把火在悶燒。那是一種不知該如何形容的焦躁感。為什麼會有這樣的感覺？因為他不肯讓妹妹獲得解脫嗎？要讓妹妹的幽鬼前往極樂淨土，之季就必須忘卻心中的仇恨，放棄向害死了妹妹的白雷復仇。但是之季堅持不肯放棄復仇的念頭。

——不，不是因為這個理由。

「話說回來，大家可真是下定了決心，竟然想錄用羊舌氏。」淡海接著又說道。

壽雪一聽，停下腳步問他：

「何出此言？」

「娘娘有所不知，羊舌氏可是欒朝的重臣世家。不過聽說羊舌慈惠從前因為跟皇帝意見不合而失勢了。」

——欒朝的重臣……

壽雪整個人愣住了。

「娘娘？」淡海納悶地看著壽雪喊道。

壽雪忽然又轉過了頭，邁開大步。

「淡海，別對娘娘說這些有的沒的。」溫螢指責道。

「什麼有的沒的？」淡海噘起了嘴。

壽雪聽著背後兩人的對話，皺起了眉頭。

——高峻的腦袋裡到底在想些什麼？

之季獲得了高峻的同意後，立刻啟程前往解州。這個時期的山路很快就會因大雪而封閉，因此只能走海路前往。所幸這兩次都沒有遇上大風大浪，船隻很順利地抵達了解州的港口。就跟上回一樣，之季首先前往了州院。中央朝廷的官員到地方辦事情，通常先知會地方官員比較不會出亂子。

地方上的行政官府分為州院及使院，使院內的首要官職為令外官之一的觀察使。一座使院同時管轄好幾個州，解州本身並沒有使院，而是受落州的使院觀察使所管轄。之季曾經以令外官的身分任職於各地方的使院，因此對使院當然比較熟悉，但由於解州沒有使院，所以只能前往州院。

「令狐大人，你又來了？這次該不會是被貶到我們州院來了吧？」

上次為之季帶路的老邁官員瞪大了眼睛，看著之季說道。

「如果我被貶到這裡來，還要請你多多關照。」

之季笑著說道。那官員名叫里錡，聞言也笑得露出了兩排牙齒。

在那官員的通報下，之季見到了刺史，也就是解州的州長。之季告知自己想要調查關於羊舌慈惠的女兒離奇死亡的案子。

「羊舌的女兒……那是十五年前的事了，當時我還沒有上任。」

刺史歪著頭想了一會兒，望向了里錡：

「這案子，你應該比較瞭解吧？」接著刺史轉頭對之季說道：「他是我們解州土生土長之人，解州過去發生過的天災和大小事件，他可說是如數家珍。」

里錡眨了眨眼睛，說道：

「羊舌首領的女兒，我記得是因病暴斃。」

當初慈惠確實曾說過，表面上女兒是死於疾病。

「你還記得當時的詳細狀況嗎？」

「唔……」里錡將腦袋左右搖晃，似乎想要搖出腦袋裡的記憶。

「我只記得那時候我每天都很忙……每天為了鹽事忙到焦頭爛額。」

之季露出不明就裡的表情，里錡解釋道：

「那段時期朝廷對鹽的管理非常嚴格，連我們都被派出去取締私鹽。問題是這根本抓不完，不管再怎麼嚴格取締，只要鹽價維持天價，這一帶就還是會不斷有人冒險販賣私鹽。」

「原來如此。」

當時還是先帝時代，鹽價上漲至數十倍，甚至一度上漲至數百倍，令整個國家陷入動盪不安的狀態。一般百姓就算以兩倍的價格購買私鹽，也比購買官鹽要便宜得多，當然私鹽販子也是抓不勝抓。雖然取締私鹽的工作一般是由巡院負責，但當時人手嚴重不足，連州院官員也遭了池魚之殃。

「當時羊舌家好像也有一個人被抓了。」

「咦？」

「啊，嚴格來說不是羊舌家的人，而是經常出入羊舌家的苦力。」

「苦力……指的是鹽的搬運工嗎？」

「沒錯，鹽的運送方式通常是把鹽袋綁在牛背上，有時也會使用馬車，但要翻山越嶺，還是牛可靠一些。」

「那個苦力遭到逮捕時，剛好就是羊舌的女兒過世前後？」

里鴝歪著腦袋說道：

「這個……我也記不清楚了。」

「那苦力叫什麼名字？」

里鴝的臉上露出三分歉意，尷尬地說道：「呃……我不太擅長記人名。」

「走，我們去查一查。」

「咦？」

「只要是可能有點關係的事情，全部都要查得一清二楚。這個人既然曾經遭到逮捕，一定會留下審判紀錄，我們到司法去吧。」

司法是各州掌管刑罰的官府部門，之季很快便將主意打到這上頭。

隨後之季便硬拉著里鑄走出了刺史的房間。

過了一旬❶，有名內廷的宦官來到夜明宮，聲稱之季已經從解州回來，想要向壽雪報告調查結果。依照規矩，臣子至地方上出差，回到京師後必須先向皇帝覆命。因此之季應該是先見了高峻，稟報了調查結果之後，高峻才派出使者前來告知。宦官告訴壽雪，大家指示烏妃前往位於內廷的弧矢宮一談。

壽雪已造訪過弧矢宮很多次，但直到現在，她依然覺得弧矢宮是個相當古怪的地方。屋

1　十天為一旬。

頂有著乘龜老人造型的飾瓦，梁柱沒有塗上朱漆，整座殿舍看起來相當簡樸，然而殿內卻環繞著金銅製的幡旗，地板上則鑲嵌著星斗圖騰。雖然名義上是讓皇帝獨自休息用的宮殿，但幡旗及星斗圖騰多半是具有某些咒術意涵的吧。

壽雪登上臺階，一踏進殿內，便看見了高峻與之季。高峻坐在榻上，之季則侍立於一旁。高峻依然是那副氣定神閒的態度，臉上不見任何情感。高峻的前方早已備妥一把椅子，壽雪於是走過去坐了下來。

「願聞其詳。」

「是。」之季點了點頭，說道：

「羊舌瑛過世的不久前，發生了一起與羊舌家有關的事件。有名負責搬運鹽的苦力，因販賣私鹽的罪名而遭到逮捕。羊舌家的鹽也是由這名苦力負責搬運，但官差發現他所搬運的鹽裡頭包含了一些不在帳目上的私鹽，因此將他收監。這名苦力也坦承犯行，所以後來遭到處死。」

之季說到這裡，歪著頭繼續說道：

「但是當時販賣私鹽的人實在太多，官府的審判也往往沒有詳細調查。光從過於簡單的審判紀錄，就可以看出這一點。雖然那苦力自己認罪了，但案情還是留下很多疑點。」

「或為屈打成招。」壽雪說道。

「是啊。」之季也表示認同。「而且跟其他的罪犯比起來，這名苦力從收監到處死的時間非常短，只過了不到兩天。」

「此定未詳查實情……汝意以為此人乃含冤而死？」

之季不敢直接斷定，因此避而不答，卻提了另一件事。

「除此之外，還有另外一個疑點。」

之季頓了一下，接著說道：

「這名苦力遭到處死後不久，當時的司法參軍事忽然暴斃。」

「司法參軍事……？」

「司法參軍事是一州的司法首長。」原本默默聽著兩人對話的高峻此時開口說道：「顧名思義，那是司掌律法的官職。」

「亦是下令處刑之人？」

「沒錯。」高峻說道。

「苦力收監二日即遭處死，下令者亦死，此必有內情……羊舌女之死亦與此事有關？」

「目前還無法肯定。畢竟是十五年前的事，連官員也記不清楚了，在羊舌的鹽田工作的鹽工們口風都很緊，什麼也不肯透露。不過微臣還是從另一名運鹽苦力的口中，問出了一些蛛絲馬跡。」

「噢？」

壽雪不禁有些佩服，之季的調查工作總是做得十分縝密而周到。

「根據那苦力的描述，當年遭處死的苦力與羊舌瑛是一對戀人。雖然兩人口頭上都不承認，但從他們的互動就可以看得出來。」

「戀人……」壽雪低聲呢喃：「羊舌瑛之齡，彼時已二十有二，卻尚未匹配婚嫁？」

一般而言，少女到了約十五、六歲年紀就會嫁人。從前的女性出嫁年紀甚至比現在更早，很多女性在十二歲左右便已嫁為人婦。相較之下，男性若是稍有身分地位的人物，到了三、四十歲才娶正室的情況並不罕見，因此男女之間的婚配往往會有非常大的年齡差距，夫妻年齡相近的情況反而少見。

「應該是原本想要嫁給那個苦力吧。聽說那男人的父親也是運鹽工人，男人從小就進出羊舌家，幫忙父親做事，因此與慈惠的女兒算是青梅竹馬。」

壽雪不禁沉吟了起來。從這個線索，能夠推導出什麼樣的結論？

「掌刑之官乃病死耶？」

「聽說他在自家突然昏厥，就這麼斷了氣，當初官府一度懷疑他是遭人毒殺，但最後是以病死結案。這死法與羊舌瑛如出一轍……不知娘娘有何見解？」之季朝壽雪問道。

壽雪陷入了沉思，並沒有答話，之季於是繼續說道：

「不論是從行刑的速度來看，還是從職位來看，當初應該是參軍事刻意下令儘早行刑，這一點已無庸置疑。參軍事這麼做的原因，或許是明白那苦力實際上是遭到了冤枉，為了避免夜長夢多，所以才立刻下令將苦力處死。但為什麼參軍事要刻意陷害那苦力，非取他的性命不可……這或許與鹽的利益之爭有關。」

「利益之爭？」

「當時官府是以極低的價格收購鹽，以極高的價格賣出，藉此獲取暴利。為了壟斷市場，官府對鹽的產量有極嚴格的限制，就算是大鹽商，一旦違反了規定，也會遭到嚴厲懲罰。但是在這種局勢下，官員往往可以從中撈取油水。簡單來說，就是收取賄賂，然後對鹽的產量睜一隻眼閉一隻眼。當時有很多鹽商都是靠這個手法大量製鹽，把多的鹽當成私鹽偷偷賣給百姓。這樣的做法不僅鹽商可以發大財，官員也可以中飽私囊，在許多地區都是公開的祕密。」

「……該參軍事亦覬覦此利益？」

「沒錯，但可能由於羊舌慈惠不配合販賣私鹽，參軍事為了洩憤或警告，而將負責搬運鹽的苦力殺了……這是微臣推測的情況。」

「嗯……」壽雪應了一聲。

「另外還有一點，在這起事件中，羊舌家族可能有內鬼存在。」

「因其詛咒之故？」壽雪迅速地聯想到其中因果。

之季點了點頭。

「黑鹽的詛咒是羊舌家族自古留傳下來的祕術，一般人無法輕易習得。因此羊舌家族內部可能有人與參軍事裡應外合，想要對羊舌慈惠不利。」

「若是如此，羊舌瑛與參軍事何以暴死？」

「羊舌瑛與參軍事是在同一天死亡。由於無法查到死亡時刻，難以求證死亡先後順序，但在這起事件裡，兩人的死亡先後順序並不重要。」

「何以知之？」

「這兩人都是遭到了殺害。雖然我對詛咒一竅不通，但是不是詛咒也不重要，或許是毒殺也不一定。總而言之，兩人都是遭到了滅口。」

「滅口？」

「參軍事照理來說，應該是凶手的共犯，或許是凶手嫌他礙事，或是發生了爭執，因此凶手將他殺了。至於羊舌瑛，她與遭處死的苦力是情侶關係，或許她因為某些理由而知道了凶手的祕密，因此遭到了殺害。以上就是微臣推測的內情。」

「唔……」

壽雪仰頭看著之季，問道：

「此番推論，可曾告知羊舌慈惠？」

「為了確認這個推測的正確性，微臣曾向他提過。」

「慈惠有何言語？」

「他什麼話也沒有說。」

之季無奈地說道：

「豈無隻字片語？」

「他只說，他想聽的不是我的推測，而是烏妃娘娘的看法。」

壽雪嗤嗤一笑，說道：

「此人果為老狸也。」

「呃……娘娘的意思是……」之季眨了眨眼睛，露出一頭霧水的表情。

「羊舌慈惠早知真相。彼託付此事，但欲知吾虛實。」

「……何以見得？」

高峻在一旁淡淡地問道。他的聲音雖然斯文平和，聽起來卻是異常清晰。

「最緊要之事，慈惠並未對之季明言，欲令彼誤判內情。吾不知慈惠此舉意圖，故亦未告知。」

「誤判內情？微臣誤判了哪一點？」

之季大吃一驚。壽雪從懷裡掏出布包，攤開布塊後，那塞滿了黑鹽的貝殼便從裡頭露了出來。

「此物乃作詛咒之用。」

「是的，這一點微臣明白。」

「汝尚未醒悟？施術者乃持此物，為那詛咒之事。」

「持……此物？」

之季呢喃了一會兒，忽然睜大了雙眼，說道：「這麼說來……」

「然也，施術者乃羊舌瑛。」

整個殿內一片沉默。

當初慈惠只說女兒「因詛咒而死」。

他並沒有說女兒「遭到詛咒」，或是「遭到咒殺」。然而之季卻誤以為羊舌瑛是遭到了咒殺。大多數的人聽到「因詛咒而死」，都會產生和之季一樣的想法吧。當初慈惠在說的時候，正是要讓之季產生這樣的誤解。這就是為什麼壽雪譏諷那人為「羊皮狸身」。慈惠在完全沒有撒謊的情況下，讓之季產生了誤解，這種話術確實只有老狐狸才能做得到。

壽雪低頭望向那枚露出了黑鹽的貝殼。

天底下的咒術道具都一樣，必然散發出宛如惡臭一般的邪惡氣息，這枚貝殼也不例外。使用鹽下詛咒的手法，當年麗娘曾教過壽雪。自古以來，鹽除了可以用來祭神，還經常被拿來當作詛咒的道具。

「此貝既裂，咒術已成，受術者當已絕命。」

「受術者……」

「必是那參軍事。」

壽雪向之季說明道：

「此有何難？汝試思之，羊舌瑛之愛侶既含冤而死，瑛豈能不報此仇？」

——為了報仇！

之季神情僵硬地看著那黑鹽。

「如果是這樣的話，羊舌瑛又為什麼會死……？」

「羊舌慈惠既言其女『因詛咒而死』，當是因施咒之故。」

必須以自己的生命作為代價的詛咒！

「慈惠既問『其女為何因詛咒而死』，吾當答以『為復仇故』。」

之季臉色慘白，陷入了一陣沉默。他下意識地伸手抓住了自己的袖子。那隻被幽鬼的雪白手指抓住的袖子。

「……但微臣還是不懂，羊舌為什麼要打探烏妃娘娘的虛實？」

之季半晌後搖著頭說道。

「吾亦不知，或為託詞。」

壽雪朝高峻瞥了一眼，他的表情依然沒有絲毫變化。

「或彼實極欲任官，面薄不欲人知之，故以此相戲，實乃以退為進。」

「那羊舌慈惠看起來實在不像是會做這種事的人……但無論如何，現在有了娘娘的答覆，他應該不會再推託了。這一次，微臣有信心能說服他出仕。謝謝娘娘的相助。」

之季跪了下來，俯首稱謝。

「吾何曾相助過汝？此皆汝自力為之。」

「不，如果沒有烏妃娘娘的開示，微臣絕對無法猜出羊舌的真意。」

壽雪驀然心想，或許除了自己之外，之季也是那羊舌慈惠想要測試的對象之一。他是高峻派出的使者，只要看看使者有多大的能耐，就可以評估皇帝有多少斤兩。之季能夠在短短數天之內，將十五年前的往事查得一清二楚，這樣的辦事能力，慈惠應該也會感到佩服。

——難怪高峻也如此器重之季，將他留在身邊。

壽雪看著跪在地上的之季，心裡如此想著。

——不，高峻將他留在身邊，恐怕不會是基於那麼單純的理由。

之季那平易近人卻又帶了一絲惆悵與落寞的神情，與高峻有著三分神似。在兩人心中，都熊熊燃燒著冰冷的憎恨之火。正因為有這個相似之處，高峻才會把之季留在身邊。

每當高峻看見之季心中那與自己相同的靈魂，或許都能獲得一種難以言喻的安心感吧。

至今壽雪仍無法想像在胸中長久燃燒著灼熱的憎恨火焰，到底是什麼樣的感覺。她只知道高峻與自己之間，永遠有著一道無法跨越的藩籬。

相較之下，高峻與之季卻往往不需要開口便能心意相通。

每當產生這樣的念頭，便感覺胸口幾乎喘不過氣來，宛如窒息一般難受。

唯有壽雪自己明白，這正是她對之季抱持成見的真正理由。

❀

之季離去之後，壽雪氣呼呼地向高峻問道：

「吾實不知汝此舉意欲何為？」

高峻依然維持著一貫的平淡表情與口吻，說道：「妳指的是羊舌的事？」

「羊舌慈惠乃欒朝遺臣，汝何故召之？再者，慈惠何故探吾虛實？莫非彼知吾身世？」

「朕告訴了他。」

高峻淡淡地說道。

——什麼？

壽雪驚訝得一時說不出話來。

「汝……為何……」

為何會做出這種事？

高峻看著壽雪，雙眸有如置身在森林深處一般靜謐。

「自從發生了上次那件事，朕得到了一個教訓，那就是紙畢竟包不住火。」

所謂的「上次那件事」，指的應該是緇衣娘娘引起的騷動吧。

「我們不可能永遠守著這個祕密。將來有一天如果妳離開了宮城，要保守祕密將會更加困難。如果等到事情發生了才急著想對策，一定會手忙腳亂。」

「即便如此，亦不必……」

「與其不知道什麼時候會被發現，不如主動告知，讓對方變成自己人。羊舌慈惠是最合適的人選。」

壽雪不明白最合適的人選指的是什麼意思。既然高峻這麼說，多半是不會有錯。

——但是……

「此舉吉凶難測，汝竟願孤注一擲？」

高峻微微一笑，說道：

「這是朕的一貫做法。」

壽雪默默凝視高峻的臉。

「對了，關於慈惠的意圖，其實妳也搞錯了一件事。」

「……何事？」

「他並不是想要試探妳的虛實，他是真的想要知道女兒去世的理由。」

「慈惠豈有不知之理？」

女兒去世的理由，是因為施了咒術。施咒術的理由，是為了替情人報仇。

高峻卻輕輕搖頭說道：

「這不是他真正想知道的事情。一個人的內心，追求的往往不是事實，而是『道理』。為什麼女兒非死不可？這是什麼道理？這才是羊舌真正想問的問題。當然這世上根本找不出所謂的道理，但他沒有辦法接受，因為那實在是太痛苦了。」

正因如此，羊舌慈惠才會不斷問著「為什麼」。

壽雪垂下了頭，無奈地說道：

「……若果如此，則吾無以為答。」

高峻的眼神忽然變得極為溫柔。

「過陣子慈惠應該就會來到京師，妳可以和他見個面。」

壽雪轉頭望向敞開的殿門。彼時外頭的明亮陽光，更襯托出了殿內的昏暗。從外頭灌入的風，亦將銅幡颳得不住搖晃。刺眼的光芒隨著風透入了殿內，令壽雪忍不住瞇起了雙眼。

過了大約半個月之後，壽雪再度來到了弧矢宮。這次等在裡頭的人不是高峻，而是位身材壯碩魁梧的老人。老人被陽光曬得黝黑的臉上雖然刻滿了明顯的皺紋，然而結實的臉部肌肉卻充分流露出了精悍之色。那股威嚇八方的氣勢讓壽雪一時受到震懾，竟不敢跨入殿內。當初之季所說的那句「應該稱作熊身比較恰當」，閃過了她的腦海。然而老人對著壽雪露出的表情，竟是異常謙和。

他走到壽雪面前，跪於地上。

「汝便是羊舌慈惠？」

「微臣便是羊舌慈惠，請稱呼微臣慈惠即可。」

壽雪命慈惠平身。而後慈惠站了起來，他的臉部位置比壽雪的視線高得太多，光是要仰頭看他都覺得有些吃力。察覺此事後，慈惠發出了豪邁的笑聲，遂即單膝跪了下來。如此壽雪坐在椅子上，兩人的視線剛好齊平。

慈惠默默凝視著眼前的少女，半晌沒有開口說話。好一會兒之後，他才輕嘆了一口氣，再次對著壽雪深深鞠躬。

「微臣完全沒想到，此生還有相見之日。」

壽雪心想，他指的應該是欒氏的後人，於是說道：

「……吾生於青樓，長於市井，此時雖身在後宮，對族人實一無所知。」

慈惠緩緩點頭說道：

「陛下已經跟微臣提過……真是苦了娘娘。」

雖然只是輕描淡寫的一句話，不知為何竟讓壽雪的心頭為之一震。慈惠雖然長得高頭大馬，但那充滿磁性的沉重嗓音卻帶有一股足以滲入他人心中的溫柔力量。

「坐。」

壽雪指著榻說道。

「那是陛下的座位，微臣萬萬不敢。」慈惠回答。壽雪於是站了起來，走到榻前坐下，並要他坐自己剛剛坐的椅子。慈惠哈哈一笑，隨之坐了下來。被他這麼一坐，那張椅子登時看起來變得很小。

「話說回來，微臣雖然懇求陛下讓微臣謁見娘娘一面，但沒想到陛下竟然會安排這弧矢宮作為謁見的地點。」

慈惠一邊說，一邊環顧殿內。

「當為內廷之故？」內廷原本是皇帝的居所，臣子皆不得進入，但高峻似乎經常以弧矢宮作為與臣子密談之處。

「微臣不是那個意思……原來如此，改朝換代後，已無人知曉弧矢宮的意義了。」

「此宮有何意義？」

「弧矢宮是欒朝開朝皇帝為了保護自己而下令興建的咒術之宮。」

「噢……」

壽雪原本早就猜到是這麼回事，因此也不驚訝。這座宮殿確實充滿了咒術的要素。但是慈惠的下一句話，卻讓壽雪大吃一驚。

「保護自己不遭烏妃所害。」

「咦？」

「開朝皇帝非常畏懼烏妃。所謂的『弧矢』，便是『弓矢』之意。另外『弧』音又近『枯』，有枯落之意。將此宮殿取名為弧矢宮，隱含的咒術意涵便是『讓弓矢枯落』。弓矢是烏妃的象徵，除了烏妃人選是以金雞之矢來決定，更重要的，是烏妃擁有以矢破術的能力。所以這座弧矢宮，實乃詛咒烏妃之宮。」

「詛咒……烏妃？」

壽雪忽覺一陣寒意，忍不住輕撫自己的手腕。

慈惠揚起了嘴角，說道：

「不過娘娘，您完全不用擔心，因為您雖然是烏妃，身上卻流著……一族的血。」

慈惠或許是為了避嫌，故意省略了「欒氏」這個敏感的字眼。

「當時的皇帝建造這弧矢宮，是在初代烏妃過世之後。皇帝實在太害怕烏妃，竟然還偷偷把初代烏妃的遺體給醢了。」

「醢……？」

「醢是一種古代刑罰，意思是把身體切成碎片，跟鹽混在一起。」

壽雪心中一突。

「刑罰？香薔曾受刑罰？」

慈惠搖頭說道：

「嚴格來說不能算是刑罰，只是偷偷這麼做而已。表面上她沒有犯錯，所以不能罰她。而且這也不是要懲罰她生前的罪過，而是害怕她死後作祟。像醢這類故意毀損遺體的刑罰，在古代原本是避免死者作祟的手段。例如跟鹽混在一起，可以鎮壓邪惡的力量。」

——鹽經常被使用在祭神活動及詛咒上。

「汝熟知前朝軼事，不愧為前朝重臣。」

慈惠輕輕一笑，說道：

「微臣在前朝可不是單純的重臣。羊舌家與欒家的往來歷史非常悠久，可以追溯到杍朝的時代……陛下和微臣對談時也曾經提到……陛下竟然會知道這件事，頗讓微臣吃驚，可見得陛下對典籍的研究非常透澈。」

杍朝是古代以北方山脈的山麓地區為根據地的王朝，據傳欒氏正是傳承了杍朝的血脈。

「正確來說，這歷史還要更早，應該再往回推到杍朝建立之前，杍族還住在北方山脈的深山裡的時代。為什麼居於深山的杍族，與住在海邊的羊舌家祖先會有所往來，娘娘應該猜得到吧？」

壽雪說道：「為了鹽之故？」

慈惠愉悅地點頭說道：「沒錯。」

「既居深山，非經交易無以得鹽。」

「正是這麼回事。不過除了交易之外，還有另外一個理由將羊舌家祖先與杍族緊密連結在一起，這與我們祖先所信仰的神明有關。」

「是何神明？」

「鼇神。」

聞言，壽雪驚愕得瞪大了雙眼。

「這支信仰其實也與鹽有關。羊舌一族自古便流傳『白鹽的製作方法是由鼇神所傳授』這種說法。或許因為鼇神的外貌是大白龜，所以才有了這樣的傳說吧。不管是對羊舌一族來說，還是對杼朝來說，白色都是尊貴之色。」

而後慈惠目不轉睛地看著壽雪。壽雪仔細確認後，發現他所注視的不是自己的臉，而是她被染過的頭髮。

「整個杼族的人都有著一頭銀色頭髮，當然欒氏也不例外。那是一種閃耀著銀白光輝的髮色。羊舌家的祖先深信杼族人的身上流著鼇神的血脈，因此協助杼族建立了王朝，羊舌一族也因此而成為杼朝的臣子。當時羊舌一族在杼朝擔任的是名為「吉士」的神職人員，後來杼朝覆滅，羊舌一族逃回故鄉，而杼朝皇族則逃回北方山脈的深山之中，那就是欒氏的起源。其後天下大亂，欒氏起兵平定四方，我們羊舌的祖先是最早率眾投靠的勢力。羊舌一族的鹽商身分，當然為欒氏提供了相當大的助力。所以說，羊舌一族與欒氏之間的關係是密不可分的。」

壽雪不禁吁了一口長氣。沒想到羊舌家與欒氏竟然有著這麼深的淵源。

「鹽、鹽、鹽……羊舌一族不管在哪個時代，都與鹽脫不了關係，娘娘不覺得，這簡直就像是一種詛咒。」

慈惠的笑容中帶了三分疲累。

「因為鹽的關係，微臣失去了獨生女。在先帝的時期，許多鹽商都轉行了，當時微臣實在應該跟著其他鹽商一起，沒有必要堅持下來。」

「……之季已詳查汝女故世原委。」

「娘娘說的是令狐之季嗎？那是個相當優秀的年輕人，短短幾天就把當年的往事查得一清二楚，陛下的身邊竟然有這麼好的人才。」

「汝女之死，確是為情復仇？」

「沒錯。」

慈惠低頭說道：

「那幾年官府對製鹽業的管控相當嚴格，不允許鹽商把多餘的鹽賣掉，然而收購鹽的官價卻是越來越低，每個地區的鹽商都叫苦連天。為了找到存活下去的方法，微臣經常與各地鹽商聚在一起討論對策，因此常常不在家。發生那件事的時候，微臣剛好在外州，雖然女兒寄了好幾封信來，但微臣以為應該沒什麼要緊事，再加上實在太忙，竟沒有立刻拆信來讀。

直到微臣家裡的傭人大老遠跑來找微臣，微臣見了傭人的焦急神色，才知道事情不妙，但一切已經太遲了。在趕回解州的馬車裡，微臣拆開了女兒寄來的信，上頭寫著她的情人遭官府逮捕，希望微臣趕緊回去搭救。那個遭逮捕的年輕人，微臣可以說是看著他長大，微臣原本打算讓他娶微臣的女兒，並且把家裡的鹽田交給他管理，沒想到……」

慈惠重重嘆了一口氣，垂下了頭，神情顯得相當落寞。

「令狐之季推測這跟微臣是否賄賂參軍事有關，這一點是他想岔了。他把事情想得太複雜了，其實真相更加單純得多。那參軍事一直在覬覦微臣女兒的美貌，他抓住了年輕人，以此要脅微臣的女兒。他對微臣的女兒說，如果想要年輕人活命，就要答應嫁給他……微臣的女兒接受了參軍事的要求。在女兒寫給微臣的最後一封信裡，把事情的始末都寫了出來。她說她答應了參軍事，決定委身出嫁，但沒想到在那個時候，年輕人早已遭到殺害。」

慈惠的聲音低沉而沙啞，似乎是在拚命壓抑著感情。

「女兒得知年輕人已死於非命，便決心要使用黑鹽施行詛咒。那是羊舌一族自古留傳下來的古老咒術，施術者必須以自己的性命作為代價。這是女兒當下唯一能夠做到的報仇手段，因為身為她父親的微臣，一直沒有拆開她的信。」

壽雪沒有說話，只是發出了一聲哀嘆。

——為什麼女兒非死不可？這是什麼道理？

為何那時自己偏偏不在家？為何沒有陪伴在女兒身邊？為何沒有讀女兒的信……？

在極度壓抑的嗓音之中，彷彿夾帶著發自慈惠心靈的吶喊。那悲痛的哀號聲，讓壽雪感到難以呼吸。她的胸口隱隱作痛，似乎隨時會遭到撕裂。但是這股痛楚當然遠遠不及慈惠心中的痛。

「女兒在信中向微臣道歉。一旦施行了那個咒術，她就會比父親早一步離開人世，因此她向微臣道歉，讓微臣必須白髮人送黑髮人……但微臣寧願她在信中責怪父親，認為全都是父親的錯……」

慈惠說完了這些話，便緊閉雙唇，不再開口。忽地，銅幡隨風搖曳起來，發出的聲響既清脆又帶了三分感傷，宛如少女們的鬨笑聲。

慈惠看著那不斷翻轉的銅幡，彷彿從中尋找著女兒的身影。

「……吾可為汝招之。」

壽雪低聲說道：

「吾可招汝女魂魄，但僅以一次為限。」

慈惠轉頭望向壽雪，那雙眸之中不帶絲毫激動的情緒，只是透著一股哀愁的氛圍。

接著他瞇起眼睛，緩緩搖頭說道：

「不必了，微臣的女兒想必正在極樂淨土和她的情人過著平靜的日子吧，微臣並不想打擾他們。」

壽雪看著面帶微笑的慈惠，不禁垂下了頭。

「今日得見娘娘，讓微臣回想起了女兒的年紀跟娘娘相仿的那段歲月。微臣的女兒從小好動，大概只有吃飯的時候會像娘娘現在這樣安安靜靜地坐著。她總是在沙灘上跑來跑去，身上沾滿了沙子，臉上永遠掛著笑容……」

翩翩搖擺的幡旗，不斷反射著燦爛的陽光。受到陽光照耀的沙灘，不知是否也是如此耀眼呢？在那光芒之中奔跑、嘻笑的少女身影，在壽雪的眼前一閃即逝。

❀

壽雪離開弧矢宮不一會兒後，殿內深處一扇門突然開啟，高峻從裡頭走了出來。慈惠兩袖一拂，朝著皇帝跪倒。高峻輕輕揮手示意平身，要他坐回椅子上，自己則走到榻上坐下，每個動作都是如此平淡而自然，沒有絲毫的做作與修飾。從這樣的舉手投足之中，慈惠看見了年輕皇帝的本性。

「談得如何？」

高峻問得言簡意賅。

「娘娘言語得體，舉措自然，讓微臣鬆了一口氣。」

當初慈惠剛從高峻的口中得知壽雪的出身背景時，還以為那會是個個性彆扭、愛鬧脾氣的刁鑽少女。

「而且娘娘是個慈悲之人。」

慈惠眼中的壽雪，是個能夠體恤他人心中痛楚的少女。她沒有堆砌各種詞藻來安慰慈惠，只是默默凝視著陽光。

高峻點了點頭。

「那麼……」

慈惠也點了點頭。

「陛下所提的事情，微臣答應了。」

剛剛慈惠拜見高峻的時候，高峻除了表達錄用之意，還提出了另外一個要求。而如今慈惠答應了這個要求。

「我羊舌一族，從今天起，將成為守護烏妃娘娘的後盾。」

高峻輕吁一口氣，顯得放下了心中的大石。這是慈惠與高峻見面之後，第一次看見高峻的臉上流露出明顯的感情。

——對這個年輕皇帝而言，幫助那少女竟是如此重要的事？

當初高峻向慈惠提出守護壽雪的要求時，慈惠一度懷疑自己是不是聽錯了。高峻不僅讓自己知道烏妃是欒氏後代，而且還要求他守護烏妃，那簡直就像是要求前朝遺臣與前朝皇室後代朋黨勾結。

「陛下不怕微臣趁機作亂嗎？」

當時慈惠忍不住這麼問道。

「師出無名，不足為患。」年輕的皇帝淡淡地說道。

「你在欒朝的時代，就已經離開了朝廷。欒朝覆滅之際，你也沒有採取任何行動。如今過了這麼多年，你就算要造反叛亂，也沒有辦法得到各方勢力的響應。」

——幾句話說得渾若無事，卻是一針見血。

慈惠露出了充滿傲氣的微笑。

「既然陛下知道微臣是這種不忠不義之人，怎麼會認為微臣願意守護烏妃娘娘？」

「見了烏妃之後，你就會知道為什麼。」

高峻的每一句話都說得極為精簡扼要，不帶任何累贅修飾之語。

——陛下說得沒錯，確實見了就知道為什麼。

慈惠一直對欒氏抱持著一股歉疚感。自己不僅背棄了羊舌一族自古以來代代侍奉的君主，而且在王朝滅亡時也沒有舉兵為其報仇。就算遭人指責沒有忠義之心，他也不打算反駁。理由很簡單，慈惠不想讓羊舌一族陷入滅族的危險。但是另一方面，他心中一直有著背棄君主的罪惡感，多年來一直揮之不去。

壽雪除了繼承欒氏的血脈之外，還是一名年輕的少女。一名仁慈、慧黠卻承受著煎熬的少女。慈惠幾乎是無可避免地在壽雪的身上看到了女兒的影子。

——好想幫助她。

這無關責任，也無關忠義，而是一種湧現自內心深處的衝動，一股難以壓抑的衝動。難道是因為當年沒能救自己的女兒，所以想要靠這樣的方式來彌補自己的罪愆嗎？

——陛下實在將人心看得非常透澈。

他很清楚那股衝動有多麼難以抑制。

「……接下來陛下有何吩咐？」慈惠問道。

「朕想要你挑選一名羊舌家的少女。」

高峻泰然自若地說道。

「進後宮嗎？」

「以燕夫人的身分，住進飛燕宮。」

「啊啊……」慈惠想起了高峻所賜的木雕燕子。「原來那燕子還有這層意義。」

自己當初並沒有領悟這一點。

高峻點了點頭。

「後宮妃嬪之中，燕夫人的立場與其他妃嬪稍有不同，這點陛下原本就知道嗎？」

「不，朕並不清楚……」

「陛下不是也以那木雕暗示了烏妃娘娘嗎？燕子又稱烏衣，所以燕夫人原是烏妃的輔佐者。由我羊舌一族的少女來擔任燕夫人，可說是再合適也不過了。」

慈惠心想，高峻應該是為了與羊舌家建立更緊密的關係，所以希望將一名與烏妃有關的羊舌家人物留在自己身邊吧。

高峻接著又問道：

「你是否認識什麼高明的巫術師？」

「唔……」

慈惠沉吟了一會兒後說道：

「如果是招搖撞騙的假巫術師，倒是被我踢出門過幾個……」

自從女兒過世之後，許多神棍不知是從哪裡聽到了消息，紛紛找上門來。有的說要幫忙消除女兒的怨念，有的說要幫忙招魂。像這樣的人，都會被慈惠踢出家門。

「是嗎？朕原本猜想，解州距離京師頗遠，或許能有一些高明的巫術師。」

「就算有，應該也都躲起來了，不敢太招搖吧。在炎帝的時代，全天下的巫術師都吃了不少苦頭。」

炎帝是高峻的祖父，他極端地厭惡巫術師，大多數的巫術師在那個時代就算沒有遭到處死，也會遭受某些刑罰。京師當然不用說，就連在地方上也發生了不少巫術師遭到迫害的例子，因此全天下的巫術師幾乎都已銷聲匿跡。就算還有倖存者，也不知道躲到哪裡去了。

「聽說有不少巫術師是流亡到了海外。」

「嗯……」

高峻低下了頭，不知想起了什麼。

想要尋找巫術師的理由，高峻已經向慈惠提過了。要讓壽雪離開京城，必須破除初代烏妃設下的結界。

「就算有一天，真的能夠破除結界，並且找到烏的半身，讓烏妃娘娘獲得解放……接下來陛下有何打算？」

高峻抬起了頭。那靜謐的雙眸令慈惠不禁動容。雖然靜謐，瞳孔中卻彷彿暗藏著熊熊燃燒的火焰。

「渡海……」

高峻的口吻還是一般平淡。

「朕想要讓她渡海。」

慈惠一聽，登時恍然大悟。

——原來是這麼回事。

解州是個臨海的州，而且羊舌家為了運鹽上的需要，一定對海上的航路相當熟悉。

——陛下是真的想要拯救烏妃娘娘。

「陛下要讓她離開這個國家……」

慈惠嘴裡如此呢喃。

返回凝光殿的路上，衛青跟隨在高峻的身邊，他忍不住朝高峻的側臉瞥了一眼。

那面孔雖然精悍，卻有如無風的水面一般平靜。

——原來大家想要讓那少女離開……

這是衛青完全料想不到的事情。

「……怎麼了？」

進入殿舍後，高峻轉頭朝衛青問道。

「大家……我以為您打算納她為妃。」

「朕確實這麼考慮過。」

高峻將頭轉回前方，淡淡地說道：

「但是……朕不能這麼做。」

高峻頓了一下，接著解釋道：

「當初是朕廢除了欒氏的追捕令，如果朕自己納了欒氏之女為妃，世人會說朕是為了私慾而改了律法。」

律法是一切秩序的基礎，高峻認為自己身為皇帝，更需要遵守律法。衛青很清楚高峻的這個觀念，也明白這應該是因為高峻從小對先帝的皇后擅權干政、目無綱紀的行徑感到不滿的關係。

如今高峻的重要美德之一，竟然來自於當年先帝的皇后，這是多麼諷刺的一件事。

從各個層面都可以看出，如今高峻依然承受著來自皇太后的束縛。衛青看著主人長年受盡煎熬，內心有著無比的同情。

「唯有離開朕的身邊……壽雪才能真正獲得救贖。」

衛青難以想像在那壓抑的聲音背後，隱藏著什麼樣的情感。

❀

東院是一座位於宮城東側角落的離宮。這裡是皇帝的休憩場所，建有廣大的庭園及池塘，池畔旁一座涼亭，在亭內能夠欣賞到布置著奇岩山水的庭院景色，以及在水面上悠閒嬉戲的水鳥。壽雪此時正在涼亭後方的殿舍內，她脫下宦官服裝，換上了襦裙。

那是印染著紅色花鳥圖紋的白襦，配以繡了連珠紋的淡黃色裙子，再罩上鮮紅色薄絹裁成的披肩。由於袖子及裙襬都頗為寬鬆，每走一步都會翩翩搖曳。而這條紅色的薄絹，正是晚霞送給壽雪的禮物。不，正確來說，是晚霞的哥哥送給了晚霞，晚霞又轉送給了壽雪。

換裝完成後，壽雪走向涼亭。一陣風挾帶著池水的涼意迎面拂來，令披肩的下襬高高鼓起。隨風舞動的落葉輕輕擦過臉頰，令她忍不住舉手遮擋。這一舉手，便連衣袖也開始隨之上下翻飛。壽雪不禁皺起了眉頭。這身衣著實在太過寬鬆了，導致行動不便，每個動作都顯得拖泥帶水。隔著紅色的袖子，可隱約看見不遠處的涼亭椅子上坐著兩名青年。

其中一人是高峻，他身著一件靛青色長袍。由於這不是什麼正式場合，穿著當然也較輕鬆休閒。而另一名青年正隔著一張桌子與高峻相對而坐。那青年的身上，穿的是一件黯淡的松葉色長衣。那可不是上自皇帝、下至奴僕每天日常生活都會穿的圓領長袍，而是一件領口交疊且下襬極長的服裝。那長衣似乎使用的是織了特殊紋路的布料，美麗的紋路會隨著光影的變化而若隱若現。壽雪不禁心想，看來這青年很擅長穿著打扮，而且還是個偏好寂寥之趣更勝過光鮮奢華的風雅之士。青年的容貌清俊颯爽，緊閉的雙唇流露出一股剛毅之色，堅定的眼神顯現出自負與自信，卻不給人目中無物的高傲感。

壽雪與這名青年有過一面之緣。他是晚霞的大哥，沙那賣家的未來當家，名字似乎是沙那賣晨。

壽雪特地更衣打扮，正是為了與他見面。晚霞將薄絹送給壽雪的同時，似乎也把這件事告訴了大哥。今天既然要與他見面，禮貌上當然要穿他所送的薄絹。當然這不是壽雪自己的想法，而是九九的意見。如今她這身穿著打扮，也是九九所搭配的。她其實覺得這不免有些小題大作，畢竟送薄絹給自己的人是晚霞，並不是眼前的沙那賣晨。

晨一看見壽雪，旋即起身作了一揖，說道：

「能夠再見到娘娘，實是三生有幸。」

沙那賣晨說出這句話，顯然他也知道當初見到的少女便是烏妃。壽雪略一思索，便明白這也是理所當然的事。當初在離宮和白雷對峙時，自己身上所著為一襲黑衣。晨只要稍加詢問晚霞，便可以知道身穿黑衣的妃子正是烏妃。

然而從晨的聲音及表情，實在難以判斷他對壽雪有何觀感，以及是否願意提供協助。壽雪朝高峻瞥了一眼，便坐了下來。高峻依然板著一張臉，讓人完全看不出他心裡在想什麼。

「晚霞無恙否？」壽雪問道。

晨露出了些許錯愕的神情。不知道令他感到錯愕的，是壽雪那獨特的用字，還是烏妃竟然會關心其他妃嬪的事？

——這個人的表情比高峻好懂得多。

「舍妹身體健康，謝謝娘娘關心。身強體健向來是舍妹的優點。」

晨的說話口氣雖然稱不上平易近人，但是相當客氣。晚霞常批評大哥是個「高傲」的人，但如今看起來並不是什麼狂妄自大之輩。

「吾聞汝父已返賀州？」

「是的……」

晨低下了頭，聲音中帶了幾分無奈。壽雪聽出他的口氣似乎有些許埋怨父親之意，疑惑地轉頭望向高峻。

此時高峻開口說道：

「你知道白雷在哪裡嗎？」

這句話問得輕描淡寫，簡直像在問明天的天氣一樣。晨端正了坐姿，恭敬地說道：

「小人知道。白雷與家父之間的書信往來，皆是由家中奴僕遞送。據說過去有好一段時間，此人徘徊在市井街道上，當起了算命仙。後來不知靠著什麼樣的門路，住進了某商家的宅邸之中。」

從這幾句話，可聽出晨與白雷並沒有密切往來。

「此人尚在京師？」

壽雪吃了一驚。原本還以為白雷一定早已逃往賀州或其他偏鄉地區，沒想到竟然還留在京師。難道這個人真的如此膽大包天，不打算躲躲藏藏？但轉念一想，熱鬧嘈雜的京師或許才是最佳的藏身地點。

「既然如此，朕希望你幫忙送一封信給白雷。」

高峻說完，朝壽雪使了個眼色。壽雪從懷裡掏出一封書信，遞到晨的面前，晨一臉嚴肅地伸手接下。

「你近來是否曾與你父親朝陽通過書信？」

高峻問道。

晨搖頭說道：「沒有，家父向來不做沒有意義的事情。」

沒有意義的事情？壽雪在心中咕噥。

——父子之間通信，豈是沒有意義的事情？

壽雪雖然還沒有見過朝陽，卻不禁在心中將他想像成一個冷酷無情的人物。到底是什麼樣的人，會讓兒子說出這樣的話來？

接著高峻又問起兄弟兩人在京師的生活。聽說晨和他的弟弟會一直住在京師，直到晚霞生產為止，因此他們在城外買了一座宅邸。京師裡有很多沒落的望族所遺留下的空屋，要找到合適的住處並不困難。

「雖然家父並不贊成我們留在京師……」

晨露出了苦笑。光從這句說到一半的話，不難想像他們父子之間恐怕有些齟齬。

——真是個關心妹妹的好哥哥。

壽雪不禁心想。

晨偶然間轉過頭來，兩人的視線瞬間對上了。晨的瞳孔微微顫動，似乎帶著些許迷惘。

「請恕小人僭越，小人想問娘娘一個問題。」

壽雪微微歪著頭說道：「但問無妨。」

「小人從小生活在遠離京師之地，在聽晚霞提起之前，完全沒有聽過烏妃娘娘這個尊號。聽說烏妃娘娘雖居後宮，卻並非陛下的妃嬪？」

「然也，吾非皇帝妃嬪，亦非汝主，故汝對吾不須恭謹謙卑。」

「是……」晨注視著壽雪，卻仍一臉迷惘之色。

或許是看差不多該離開了，晨起身向高峻告辭。

「晨。」

就在晨起身之際，高峻忽然喊了他的名字。

「如果可以的話，朕希望你多來陪朕聊天，朕的身邊沒有年紀相仿的人。」

壽雪心中大感愕然。過去從來不曾聽高峻說過類似這樣的話。何況他身為皇帝，所有的臣民都必須聽他的命令，壓根兒不必使用「如果可以的話」這種說法。

晨整個人傻住了，半晌之後才終於回過神來，慌忙對著高峻拜倒，嘴裡連連稱是。

「若蒙陛下召喚，小人必當欣然拜見。」

——高峻到底在想什麼……

壽雪偷偷朝高峻的側臉瞥了一眼。高峻的臉上依然看不出任何表情。

等到晨走得看不見背影之後，壽雪轉頭對著高峻問道：

「汝有何圖謀？」

「沒有圖謀。」

高峻氣定神閒地說道。

「休得相瞞！汝豈欲此人相陪？絕無是理！」

「是真的，朕希望與這個人多多來往。」

「……卻是何故？」

「他和他的父親截然不同。」

壽雪目不轉睛地凝視高峻。由於高峻並不詳細解釋，壽雪無法明白高峻這麼做到底有何用意，只能暗自揣測他心中到底在打什麼算盤。

——難道是想把沙那賣晨拉攏過來，變成自己的心腹？

「對了，有件事差點忘了說。」

臨走之際，高峻忽然想起一事，轉頭說道：

「朕會把羊舌一族的少女納入後宮為燕夫人，這名少女將會成為妳的輔佐者，妳可以信賴她。」

——又有新的妃嬪要來了？

自己根本不需要什麼輔佐者。壽雪雖如此想著，但心裡卻也明白，讓羊舌一族的少女進入後宮對高峻來說是一件相當重要的事。

雖然她對此沒有什麼太大感觸，但不知道為何，忽然覺得鑽入襦裙縫隙的風異常寒冷。

——這種感覺是怎麼回事？

高峻已乘著轎子離開了東院。壽雪眼睜睜地看著轎子漸行漸遠，轎上的帳簾在風中不斷擺盪。

壽雪輕搓著手臂，嘴裡呢喃著「好冷」。

晨出了宮城後，沿著大路往東走，進入了一條小巷之中。這一帶的街坊聚集了不少名門望族的宅邸，但是沒落的望族也不少，許多失去了主人的宅邸都遭到賤價拍賣。晨所購買的宅邸，也是其中之一。

大門雖然老舊，但是建得相當堅固。穿過了大門，再穿過內門，便看見一座占地不廣但建得相當精巧的屋宅。

中央是一片庭院，院內種滿了槭樹❷，庭院的四個方向皆有殿舍，並以迴廊串接在一起。由於只跟弟弟亮同住，屋子不必太大，這樣的空間已相當足夠。弟弟亮原本想要住的是豪華氣派的巨大宅邸，但哥哥晨喜歡這座宅邸的清幽、侘寂氛圍。

晨繞過了迴廊，來到了堂內，亮正在裡頭保養他心愛的琵琶。那是過世母親的遺物。

「大哥，你看起來心情不錯。」

亮一看到晨的臉，登時說了這麼一句話。接著還補了一句：「真難得。」

「沒特別好，也沒特別差。」

「看你笑得臉都歪了。跟陛下很談得來？還是那烏妃是個大美女？」

亮只知道晨今天在晚霞的邀請下，前往宮城內晉見陛下與烏妃。

「陛下是個斯文、安靜的人，待人相當仁慈和善。」

晨說道。沒想到陛下竟會希望自己多入宮城與他聊天，這是他完全沒有意料到的事情。也因為高峻的這句話，晨對高峻增添了不少好感。

身為皇帝，照理來說任何事情都只要一聲令下就能辦到，然而高峻卻一點也不顯得盛氣凌人，反而表現得既謙虛又隨和。

「對普通的豪族也要客客氣氣？身為皇帝卻得看臣民的臉色，看來皇帝也不好當哩。」

亮雖然相貌俊美，但說起話來頗為毒辣，而且還有很強的好勝心。

「下次如果陛下恩准，我會帶你一起去，但你要先改掉這個說話刻薄的壞習慣。」

「是因為在大哥的面前，我才說這種話。誰敢當著陛下的面這麼說？」

晨不禁心想，原來亮也知道自己說話尖酸刻薄。然而亮是否真的在高峻的面前就會克制，實在讓晨有些放心不下。

2 楓樹。

「烏妃長得如何?既然是皇帝的妃子,應該很美吧?」

「你上次不是也見到了?在離宮的時候,跟白雷在一起……」

亮皺眉說道:

「什麼?那個穿黑衣的丫頭就是烏妃?」

晨點了點頭。自從那天看見了那身穿黑衣的美麗妃子,那身影就烙印在了自己心中,久久難以忘懷。後來透過與晚霞的通信,晨才恍然大悟,原來那就是烏妃。英姿颯爽,卻又帶著一股幽寂之美,世界上可能再也找不到第二個像這樣的奇女子了吧。而在今日近距離交談過後,這樣的感覺又更加強烈了。

「她似乎不是皇帝的妃子。」晨說道。

「既然是烏『妃』,又住在後宮裡,怎麼不是妃子?」

「這個……詳情我也搞不太清楚。」

烏妃與白雷有著什麼樣的關係?高峻又為何知道兩人間的淵源?對晨來說,這一切都是個謎。說得更明白一點,晨對烏妃這個人可說是一無所知。

唯一可以肯定的一件事,是當初贈送那條紅色薄絹果然是正確的決定。

那條紅色薄絹完全不適合自己的妹妹晚霞。晨故意在送給她的禮物中放了這麼一條薄絹，他猜想晚霞跟烏妃似乎交情不錯，妹妹可能會把那條不適合自己的紅色薄絹送給烏妃。當初自己只是抱著淡淡的一縷希望罷了，沒想到那條薄絹真的送到了烏妃的手上，而且她還將其縫製成披肩披在了身上。

紅色的薄絹在烏妃身後翩翩搖曳的那幅畫面，比晨原本的想像更加美豔得多。

「大哥……大哥！」

亮一臉狐疑地看著已然出神的晨。

經弟弟數度呼喚終於回過神的晨忽然覺得有些尷尬，只得將頭別向一邊。

「大哥，那個烏妃該不會拜託了你什麼事吧？」

「沒、沒有。」

晨不自覺地撒了謊。至於為什麼要撒謊，他自己也說不出個所以然來。但亮向來是個直覺敏銳的人，當然不會輕易受騙上當。

只見他皺眉說道：

「大哥，你可別被牽扯進妃子的麻煩事裡，這可是爹最忌諱的事情。」

「現在這種節骨眼，你還有功夫在意這種事……？爹不理會有孕在身的晚霞，無情地回賀州去了，最生氣的人不就是你嗎？」

兄弟兩人不理會父親的吩咐，堅持要留在京師，很可能已經惹怒了父親。晨甚至認為，父親可能已經不再對自己跟亮抱持任何期待。晨一想到父親可能會改立留守賀州的二弟為繼承人，一顆心便感到忐忑不安。

「爹對家人太冷漠了。對我來說，晚霞和大哥都是重要的家人。」

亮以充滿感傷的口吻說道。

「所以我才會留在京師。」

晨非常能夠理解亮的心情。自己也是一樣，因為擔心晚霞的身體，才會決定留在這裡。自從晚霞決定不再聽從父親的命令之後，自己跟亮似乎都受到了影響。如今兄弟兩人都已無法壓抑心中想要反抗父親的心情。

「大哥。」

亮一臉嚴肅地看著晨說道：

「我總覺得……最好不要接近那個叫做烏妃的妃子。」

「……為什麼你會有這種想法？」

「我覺得她很可怕。」

從小有著敏銳直覺的亮，此時竟然露出一臉驚懼之色。

「那個妃子……讓我心裡發毛……」

亮刻意壓低了嗓音，彷彿害怕被人聽見似的。

這句話迴盪在晨的耳畔，久久揮之不去。

烏妃的首飾

——將來你會因女難而送命。

從前教導巫術的老師曾這麼告誡白雷。

雖然美其名是教導巫術的老師，但其實只是個沒什麼能力的假巫術師罷了。因此對於老師的預言，白雷只是一笑置之。然而老師的表情極為嚴肅，絲毫不帶笑意。

——你一定要小心謹慎。

老師的眼神甚至帶了三分憂心。

——真是可笑。

自己怎麼可能因為那種愚蠢的原因而送命？

白雷停下了手指的動作，將笛子移開嘴邊。坐在前方的壯年男子似乎早已等得心焦，將身體湊過來說道：

「揭車大人，結果如何？」

揭車當然只是假名。白雷擁有很多個假名，事實上「白雷」也是其中之一。

「有騷擾之音，凶風來自北方。這陣子你將會往北經商，這件事能避則避，不能避就要好好祭拜四祀中的門神，千萬不能疏於供奉。」

「啊……真是太準了，我正打算向北邊的商家進一些海商貨，這件事應該作罷？」

「會買到瑕疵品。」

「真的嗎？幸好揭車大人事先提醒。」

男人完全相信白雷的話，對著白雷不停膜拜。

「揭車大人，多虧了你，我現在經商比以前順利多了，真的很感謝你願意來到我家。」

這個男人是經營珠玉買賣的商人，在市場裡擁有一間肆❶。大約半個月前，白雷偶然遇上了他。不，與其說是偶然遇上，其實應該說是挑中了一棵搖錢樹。

當時白雷正站在京師某市場的路上，不停地吹奏手中的笛子。吹笛並非街頭表演，而是一種占卜的手法。利用笛音的變化，可以判斷出風聲，藉此作為占卜的依據，風聲總是會帶來許許多多的消息。

這樣的占卜手法稱作「觀風」，發源於位在霄國南方的花陀國。白雷曾經隨著鴟幫流浪各地，在許多港口接觸過各種不同的異國占卜術法。

不論是在任何城鎮的市場，從事相同職業或買賣的人都會聚集在一起，形成名為「行」

1 店鋪。

的組織。因此初來乍到的外人，沒有辦法隨便在市場上開肆做生意，當然卜肆❷也不例外。故此白雷在京城的市場上只能當個遊走街頭的算命仙，並隨時物色看起來願意包養自己的有錢人。

第一眼看到那經營珠玉買賣的男人時，男人的肩頭上依附著一具容貌淒厲的幽鬼。白雷隨口胡謅，告訴男人「死於非命的祖先幽鬼依附在你的肩上」，並且順手把那幽鬼驅除了。男人高興得痛哭流涕，直說這一年來肩膀得了個怪病，每每痛不欲生，現下竟然完全不痛了。從那天起，白雷便住進了男人的家裡。占卜剛好是白雷所擅長的巫術之一，不管男人問什麼樣的問題，白雷只要隨手一卜，總是能鐵口直斷，因此深受男人的信任。對白雷來說，這實在是再輕鬆也不過的事情。

白雷離開了男人的房間，走回自己的住處。京師的宅邸格局大多有一座中庭，四周圍繞著屋舍。白雷走在面對中庭的長廊上，就在彎過轉角時，驀然停下了腳步。一名小女孩正蹲在白雷的房門前，目不轉睛地看著一只水盆。她察覺白雷走近，抬起了頭來。被太陽曬成了小麥色的臉上，嵌有一雙烏溜溜的美麗雙眸。

白雷正要呼喚「隱娘」，卻趕緊又將話給吞了回去。現在小女孩的名字已經被改成了「鮑兒」。

「……聽見什麼了？」

隱娘搖了搖頭，嘟著嘴說道：

「這水盆太小了。」

隱娘是鼇神的巫女，只要在靠近水的地方，就能聽見鼇神的聲音。不見得要在海邊，也可以在河邊或池塘邊。或許是因為屋子裡沒有海河，少女便拿水盆裝滿了水，可惜這水的量太少，沒有辦法聽見神的聲音。

「要多大的水盆才行？」白雷問道。

然而隱娘卻只是歪著頭，並沒有回答，模樣顯得有些心不在焉。白雷不禁嘆了口氣。這女孩一天到晚發著愣，而且總是想到什麼就做什麼。

——他記得京師的東方有一條河。白雷心想，看來只能把她帶到那裡去了。

現下隱娘再度凝視起了水盆。白雷不禁有些納悶，這水盆裡什麼也沒有，這樣愣愣地看著到底有什麼樂趣？

2　算命館。

——看來她需要一些遊戲的道具。

對白雷來說，「遊戲」是一件相當陌生的事情。在自己小時候，幾乎沒有什麼遊玩的機會。說得更明白一點，他根本沒有所謂的孩提時代。自從懂事之後，白雷就為了餬口而做著咒術師的工作。後來族人們慘遭殺害，白雷便輾轉進入鴉幫，成為一名巫術師。

「妳有沒有什麼想要的東西？」白雷問道。

隱娘轉了轉眼珠子，說道：

「想要的東西……貝殼？」

「那不算是想要的東西。」

隱娘從小生長在貧窮的漁村，小時候經常到海邊蒐集漂亮的貝殼，拿到驛站的旅店賣錢貼補家用。因為這樣的生活環境，便養成了一到海邊就開始尋找貝殼的習慣。如今白雷詢問隱娘想要什麼東西，那女孩竟然也只想到貝殼，令他不禁搖頭嘆息。

「我們在市場不是看到了很多東西嗎？絹布、肉……妳想得到的，這裡全都有。」

隱娘又將頭歪向一邊。她將手指伸入水盆裡撥弄著水，說道：

「這裡好像很少看到魚。」

京師距離海岸很遠，雖然可以走水路輸送貨物，但畢竟海產太容易腐敗，因此京師一帶的魚貨大多是以臘貨❸、楚割❹為主。

「妳想吃魚？」

「沒有，只是覺得很少看到而已。」

直到現在，白雷還是不太知道該如何與隱娘相處。說得更明白一點，是他不知道該如何與孩童相處。當初向其雙親買下隱娘時，白雷滿心以為反正只要讓她三餐溫飽就行了。後來他才驚覺，照顧孩子並不是一件容易的事。當然這並不是指沒辦法讓她三餐溫飽，而是因為隱娘這孩子如果沒有隨時照看的話，她就不知道要吃飯，不知道要換衣服，而且在任何地方都有可能倒頭就睡。白雷完全沒有意料到自己會為了照顧孩子而傷透腦筋。

白雷低頭看著隱娘那嬌小的頭部，當初與壽雪的對話不斷在心中迴盪。

——吾問汝意欲以此女為鼇神祭物？

——鼇神須以幼女為祭物。

3 曬乾的食物。
4 以鹽醃漬後曬乾的食物。

——汝竟不知？

當初聽壽雪這麼說的時候，白雷幾乎不敢相信自己的耳朵。白雷本身聽不見鼇神的聲音，只能透過隱娘才能得知鼇神的意圖，但隱娘從來沒有提過獻祭的事情。

聽說鼇神會要求獻祭，是真的嗎？

白雷曾這麼詢問隱娘，但隱娘一如往昔，只是歪著頭發愣。

——難道是故意危言聳聽？

或許那少女以為只要這麼說，自己就會遠離鼇神。或許那根本只是子虛烏有的謊言。不，就算那是真的，又怎麼樣？區區獻祭，又有什麼大不了……

白雷想到這裡，忽看見隱娘揉起了眼睛，似乎很想睡覺的樣子。

「喂，別在這裡睡覺。」

白雷趕緊提醒道。隱娘卻是充耳不聞，整個人已經蜷曲起身體窩在了地板上。白雷不禁咂了個嘴。這孩子一旦睡著，就算再怎麼搖晃她的身體，也不會輕易醒來。

白雷無計可施，只好伸手把隱娘抱了起來。孩童的體溫偏高，他立即感受到手腕傳來了一陣暖意。

——區區獻祭，又有什麼大不了……

白雷越是這麼告訴自己，越是感覺這只是徒勞，胸腹之間彷彿壓了一塊重石。

「揭車大人。」

背後傳來奴僕的呼喚聲，白雷抱著隱娘轉過了頭來。

「有一封您的信，是沙那賣家派人送來的。」

白雷接過那封書信一看，便知道那絕對不是沙那賣家的來信。因為使用的紙張完全不一樣。白雷走進房內，將隱娘放在床上後，攤開了那封信。一讀之下，他不禁皺起了眉頭。

——原來是烏妃。

這封信正是壽雪所寫。白雷不禁感到納悶，烏妃寫的信，為什麼會是從沙那賣家送來？難道只是一種騙術？但如果只是騙術的話，她又怎麼會知道自己住在這個地方？白雷一邊思索，一邊讀起那信的內容。這一讀之下，眉心的皺紋更深了。

信裡寫著為了破除初代烏妃設立的結界，希望白雷能夠出手相助。信末並提到吾知汝必不欲以幼女為祭。汝若助吾，吾亦必鼎力相助。

白雷將那封信撕碎後揉成一團，走出了房間，打算拿到廚房燒掉。此刻西斜的夕陽，將壁面照成了金黃色。白雷轉頭望向天空。晚霞染紅了整片天色，宛如刷上了一層朱漆。看來太陽馬上就會下山了，月光將會照亮周圍一帶。

——不對，今晚是新月。

這天夜裡，壽雪拿著燭臺走向寢室深處，穿過狹窄的通道，來到盡頭處的一間小房間裡。她高舉燭臺，照亮了正面的牆壁。黑色的人面怪鳥，在搖曳的火光下清晰浮現。

每隔三個晚上，壽雪就必須在這座祭壇獻花給烏漣娘娘。當然獻的不是普通的花，而是以烏妃的力量所凝聚而成的牡丹花。

但是今晚壽雪只是凝視著壁畫上的怪鳥，半晌之後，便轉身走了出去。

——香薔不斷拿花餵食烏。對我們來說，那是一種毒藥，會讓我們陷入酩酊狀態。

——烏已經……失去了自我意識。

梟所說過的每一句話，都迴盪在壽雪的心中。梟是烏的兄長，他一直都想要拯救烏。

自從聽梟這麼說之後，壽雪便不再獻花給烏漣娘娘。就算走到了祭壇前，也實在沒有辦法說服自己再把花放入白琉璃的器皿之中。

壽雪回到房間後，吹熄了燭火。一縷輕煙自燭芯揚起。她拖著沉重的身體，坐在床臺上，心靈跟身體都強烈地吶喊著不想入睡。

然而今晚是新月之夜。烏將會再度衝破自己的肉體，撕扯自己的靈魂。每到這樣的夜晚，壽雪總是會感覺到身體有如遭到四分五裂一般疼痛。

明明說什麼也不想睡覺，肉體卻擅自違背了自己的意志。她的腦袋越來越昏沉，眼皮逐漸下垂了，身體也越來越沉重。壽雪終於還是躺了下來。意識在夢境的世界裡不斷下墜，不斷下墜……在墜落至谷底的瞬間，開始轉為向上浮起。上浮的速度非常快，而且越來越快，即使肉體已經不再上浮，靈魂卻依然不斷飄向高空。此時肉體所感覺到的痛苦，就好像是有大量的絲線纏繞在身上，而且不斷束緊，切割著自己的身體一般。今天晚上，自己必須再一次忍受這個痛苦。她不斷慘叫，但實際上卻沒有發出任何聲音。

驀然間，壽雪察覺這痛苦的感覺似乎跟過去不太一樣。

胸口有一種鼓脹的疼痛感，那種感覺就有點像是吸氣吸得太大口一般。而且這種膨脹感越來越嚴重，逐漸開始將肋骨往上推擠，壓迫著每一根骨頭。

——啊……啊……

呼吸變得越來越痛苦，骨頭不斷發出聲音，似乎隨時會折斷。即使到了這個地步，胸口依然不斷鼓脹。

——要裂開了……

身體快要從內側向外崩裂了。

耳中似乎聽見了骨頭折斷的鈍重聲響。劇烈的慘叫聲自壽雪的咽喉向外噴發。

「……娘娘！娘娘！」

壽雪猛然睜開了雙眼。火光照耀中，壽雪看見了九九的臉孔。

「娘娘……娘娘，您沒事吧？」

九九焦急地問著，壽雪卻無法回答。她的舌頭不住顫抖，喉嚨彷彿被束縛住了。想要移動身體，四肢卻毫無知覺，動也動不了。壽雪感到極度不安，擔心自己的手、腳其實已經被扯斷了。

「娘娘，請先保持冷靜。」

那是溫螢的聲音。壽雪感覺到有某種溫暖的物體在觸摸著自己的手臂。那是人類的手掌。有一隻手掌正在自己的手臂上輕撫。

「請閉上眼睛，調勻呼吸，在心中默數呼吸的次數。」

壽雪照著做了。閉上眼睛，慢慢地深呼吸，同時數著一、二、三……大約數到五的時候，心情已平靜得多。她試著移動身體，手指輕輕抖了一下。接著手、腳都可以動了。她這才鬆了口氣，睜開了雙眼。

除了九九及溫螢之外，淡海、衣斯哈、紅翹等人也都在房內，每個人的臉上都浮現了擔憂的神情。

「我們聽到娘娘的叫聲，全都趕了過來。」

九九說道。

「嗯……」

壽雪一說話，才發現自己的聲音異常沙啞。

「吾苦於魘……周身劇痛如裂……」

九九看著壽雪說道：

「娘娘，我去幫您倒水。」

九九說完便站了起來。紅翹搖搖手，示意她去倒就行了，接著轉身奔了出去。

在溫螢的攙扶下，壽雪在床上坐了起來。喝了紅翹倒來的水後，感覺情緒平復了不少。

「滋擾汝等清夢，吾之過也。」

「娘娘，您怎麼說這種話。」

九九嗔斥道。其他人也紛紛點頭。

「吾已無事，汝等可去。」壽雪說道。

九九依然不安地抓著壽雪的手，說道：「但是……」

「要是娘娘又作噩夢，可就不好了，不如我來陪娘娘一起睡吧。」

淡海說道。

溫螢先是冷冷地瞪了他一眼，接著同時向淡海及衣斯哈說：「我們先出去吧，娘娘就交給九九照顧。」

待溫螢等人離開之後，紅翹也一臉憂心地回房去了。

「九九，汝無事可退。」

「那可不行！娘娘，您的手還這麼冰冷。」

九九以雙手手掌包住了壽雪的手。

「而且您的臉色也這麼蒼白，我可不放心讓您一個人在房裡。」

「汝徹夜在此，如何得眠？」

「等娘娘平安睡著，我就會回去睡了。」

壽雪心想，九九雖然嘴上這麼說，但恐怕會在這裡待上一整晚……壽雪略一思索，將身體挪了挪，在床上騰出一個空間，說道：

「既是如此，不如與吾同眠。」

「咦？」

九九瞪大了眼睛。

「汝可在此與吾同眠。」

壽雪又說了一次，同時拍了拍身旁的床板。

「那怎麼行？對娘娘太不敬了！」

「高峻亦曾眠於此床，何須介意？」

「陛下睡過，那更不行。」

「若不眠於此床，便回汝房去。」

「嗚……」九九煩惱了好一會兒，最後說道：

「好，我睡在這裡……我不放心讓娘娘一個人睡。」

說出了這個結論後，九九畏畏縮縮地上了床，躺在壽雪的旁邊。身旁傳來九九的體溫，對她來說是種相當奇妙的感覺。

「娘娘，我睡在您的身邊，會不會讓您睡不著？」

「汝不言語，吾已睡去。」

九九笑了起來，過一會兒兒又說道：

「要不要握著您的手？溫暖一點，比較好睡。」

「……昔日麗娘曾為吾搓手。」

壽雪因為夢見母親而驚醒，麗娘為壽雪搓揉手掌，幫助壽雪入眠。

「您說的是上一代的烏妃娘娘嗎？好，那麼我也這麼做。」

「不。」壽雪說道：「但握手即可。」

「好。」

九九看著壽雪的側臉，微微一笑，握住了壽雪的手。九九的手掌既柔又暖。

隔天早上醒來的時候，壽雪竟然差點從床上滾下來。九九整個人睡成了個「大」字，完全將她擠到了牆角。

九九睡得正熟，壽雪看著她的睡相輕輕一笑，躡手躡腳地下了床。當九九醒來的時候，壽雪早已梳妝完畢。

「啊啊，我真是太丟臉了。娘娘已經起來了，我卻還在呼呼大睡。」

準備早餐的時候，九九不停地唉聲嘆氣。淡海趁機將她大大調侃了一番，更是讓她懊惱得直跳腳。

早餐的粥裡加了松果、雞肉、雞蛋等，可說是營養滿分。每個月到了新月之夜的隔天早上，餐點總是較為豐盛。這當然是桂子的一片好意，想要讓壽雪好好地補補身體。壽雪啜了美味的熱粥，胸腹之間感覺到一陣暖烘烘，登時精神大振。

「吾欲往冬官府。」

用完了餐之後，壽雪如此說道。接著她喚來了溫螢，吩咐他去向高峻報備一聲，取得高峻的同意。

「現在這個時間，大家應該已經結束了朝議，正在洪濤院裡。」

夜明宮眾人的起床時間比一般官吏要晚得多，主要原因就在於烏妃經常到了三更半夜還沒有入睡。

這次前往冬官府的目的，是詢問千里關於昨晚發生的事。雖然每次到了新月之夜，壽雪都會嘗到生不如死的痛苦，但是像昨晚那樣感覺到由內向外的脹裂之痛卻還是第一次。雖說詢問千里不見得能得到答案，但總是值得一試。

何況封一行也住在冬官府內，他或許會知道一些端倪。

封一行是欒朝的御用巫術師，知道許多關於烏妃的內情。畢竟在欒朝時代，巫術師的主要職責就是監視及壓制烏妃。為了克盡己職，巫術師在欒朝時代能夠自由進出後宮。

由於寫信詢問實在太過麻煩，壽雪打算親自跑一趟冬官府。

壽雪趁著溫螢回來之前，先換上了宦官服色。不一會兒，溫螢便回到了夜明宮，然而身邊卻多出了衛青。

「大家令我陪娘娘前往冬官府。」

——千萬不要。

或許是壽雪臉上流露出的排斥之色實在過於明顯，衛青皺眉說道：

「大家可是一片好意，有我陪著娘娘，很多事情會好辦得多。」

言下之意，當然是要她心懷感謝。壽雪一聽，心中更加不悅，但一來自己並不想與衛青當面爭吵，二來就算吵也吵不贏，因此她什麼話也沒說，快步走出了夜明宮。

衛青是皇帝的貼身宦官，確實有他陪在身邊的話，出後宮時就不用提出證明文件，亦不必告知出宮理由，更不用擔心會遭到刁難，事情會好辦得多。不過行動上雖然方便了，心情上卻是一點也不方便。

然而在前往冬官府的一路上，衛青卻只是默默跟在壽雪的旁邊，沒有說半句尖酸刻薄之語。不過雖然他什麼話也沒說，壽雪卻感覺像在遭受監視一樣，整個人渾身不對勁。千里走出冬官府迎接他們時，見了她那臭著一張臉的表情，登時顯得有些丈二金剛摸不著頭腦。

千里聽了壽雪的來訪理由之後，面有難色地說道：

「既然發生了過去不曾發生過的狀況，代表烏漣娘娘可能起了某種變化……您是否想得出來可能的原因？」

「除花之外，吾實不知尚有何原因。」

「花？您指的是獻給烏漣娘娘的花嗎？」

「然也。」

壽雪接著告訴千里，自己已經有好一陣子沒有進行獻花的儀式。千里一聽，眉頭皺得更深了。

「原來如此……既然娘娘的花有令烏漣娘娘陷入酩酊狀態之效，一旦不再獻花，烏漣娘娘可能就會醒來。所謂酩酊狀態，可能是喪失理性及無力反抗，所以當醒來時……」

「恐將無法鎮壓？」

「……當然這只是猜測，微臣也不敢肯定。我們問問封知不知道些什麼。」

千里站了起來，吩咐放下郎將封一行喚來。

「封已痊可？」

「已經完全好了。他簡直就是欒朝時代的活字典，多虧有了他，魚泳大人遺留手稿的整理工作近來大有進展。除此之外，微臣上次也跟娘娘提過，微臣正在整理各地的傳說事蹟。在這方面，封也幫了不少忙。」

沒想到千里還滿會使喚人……壽雪心裡正這麼想著，封已走了進來。正如同千里所說的，他整個人看起來健康得多。第一次見到封時，他還是臥病在床的狀態，看起來就是個有如風中殘燭的枯瘦老人，如今卻是雙頰紅潤且精神矍鑠。

封聽完了壽雪的描述，臉上的神情甚至比千里更加凝重。

「除了這件事之外，還有沒有什麼異狀？」

「並無他變。」

「唔……」封沉吟了半晌後說道：

「這到底是好的徵兆，還是不好的徵兆，老夫也難以判斷。」

他頓了一下，接著又說道：

「烏妃本來是烏的巫女，如果烏從酩酊狀態醒來，照理來說娘娘應該能與烏對話。但是娘娘卻感覺到身體彷彿要由內向外脹裂，這實在讓人有些擔心。」

壽雪一聽，不由得輕撫自己的胸口。

封又說道：

「如今烏被封印在娘娘的體內，或許正想盡辦法要衝出來。」

——如果烏真的從體內衝出，自己的身體會變成什麼樣子？

壽雪想起了那碎裂的泥土人偶，以及化成了大量羽毛的「使部」，不由得打了個寒慄。

「停止獻花這種事情，過去完全沒有前例，因此這些都只是猜測而已。」

「如何與烏對話？」

封搖頭說道：「這老夫也不清楚。過去從來沒有烏妃嘗試這麼做過。」

「唔……」壽雪微微歪著頭說道：

「吾有一事不明。」

「娘娘請說。」

「在吾之前，從無一人欲破香薔結界？」

要破除香薔的結界，除了烏妃自己之外，還需要兩名巫術師。巫術師的職責是看守烏妃，在立場上形同敵人。要一次拉攏兩名敵人並不容易，因此從前的烏妃就算想要逃走也是無能為力。以上是封的說法。但壽雪不禁感到好奇，過去難道從來沒有一名烏妃曾經嘗試過？當然就算能夠成功逃走，接下來可能才是難題。

封眨了眨深埋在皺紋裡的雙眼，凝視著壽雪，斬釘截鐵地說道：

「有的。」

「真有其人？」

「是啊，只是沒有成功，所以結界直到現在依然未破。」

「結界未破，其人落何下場？」

「死了。」

壽雪的臉頰微微抽搐，千里也臉色發白。

——一旦失敗，就是死路一條。

「聽說那烏妃破除結界失敗，卻硬要出城，就這麼丟了性命。不過老夫也是聽來的，並非親眼所見。告訴老夫這件事的人，是老夫當年的老師。但那老師亦非親眼所見，而是從他的老師處聽來。那老師又是從其老師處聽來……所以這件事發生在數代之前，當時還是欒朝時代的中期……」

封仰望天花板，回憶起當年聽聞的這段往事。

「聽說那烏妃原本是地方上某商家的女兒，十七歲時被送進夜明宮。在從前的時代，十七歲早該嫁為人婦，但聽說這少女自幼喪母，被繼母當成了奴僕使喚，因此沒能出嫁。原本她在家裡每天受盡繼母虐待，因此被選為烏妃時，開心得不得了。起初她尚不曉得烏妃是什麼樣的身分，還以為就跟其他被選上的妃嬪一樣，是要入宮服侍皇帝……直到開始在夜明宮裡生活，才發現原來跟自己所想的完全不同。即便如此，住在夜明宮中還是比在家裡受繼母欺負好得多。她就這麼在夜明宮裡度過了平靜的日子，直到前代烏妃過世，少女繼承了烏妃身分，事態才有了變化。」

封朝壽雪瞥了一眼，神情充滿了哀憐之意。

「每經歷一次新月之夜，少女就衰弱一分。到後來少女變得骨瘦如柴，精神萎靡不振，臉上毫無血色，幾乎沒有辦法進食。原本以為遠離了繼母之後，終於可以好好過日子，沒想到依然得受盡折磨，少女的身心都大受打擊。她的處境就連巫術師們也感到同情，有一名年輕的巫術師不忍心看烏妃這麼衰弱下去，決定想辦法幫助她。那巫術師的年紀，與烏妃相去不遠。」

「巫術師……？此人後來……」

封點頭說道：

「他慫恿烏妃破除結界逃走。這中間歷經怎樣的過程，以及他們安排了什麼計劃，詳情老夫並不清楚。老夫只知道最終行動失敗，烏妃出城門後而死，巫術師也遭到了殺害。」

因為結界的關係，烏妃只要一出城門就會沒命。

「烏妃既死……繼位烏妃如何擇立？」

「在烏妃死亡的同時，金雞之箭就會選中下一任的烏妃。由於沒有前任烏妃可教導知識，只好由巫術師們肩負起這個職責。」

原來巫術師的責任，也包含了這個部分。壽雪不禁心想，隨著欒朝的覆滅，許多與烏妃有關的制度都已瓦解，相關傳承也已失傳。當然這一點也不奇怪，畢竟烏妃的存在本身就是由欒朝建立的制度。

「曾有烏妃因為無法忍受新月之夜的痛苦而自絕生命，這名烏妃也是其中之一。似乎烏妃只要不是由皇帝所殺，金雞之箭就會射出，決定下一代烏妃的人選。當然這些都是根據種種前例所做的推測，並不見得完全正確。」

雖然只是推測，但總好過一無所知。壽雪心想，能夠遇上封當真是萬幸。

「欒朝共延續了三百多年，烏妃也傳承超過百代。烏妃的確切人數，是一百零三十六人。過去也曾經發生過一年之內傳了三代烏妃的例子。既然烏妃人數眾多，每一名烏妃的情況也不相同。甚至曾經有烏妃企圖暗殺皇帝，取代皇帝的地位。雖然那烏妃最後失敗了，終生遭到幽禁，但畢竟烏妃就是冬王，擁有與夏王抗衡的力量，所以開朝皇帝才會如此害怕烏妃，派遣一群巫術師隨時監視著烏妃。」

夏王不能失去冬王，但冬王並不需要夏王。不管皇帝換了多少個，甚至連朝代也更替變遷，烏妃還是可以持續存在。因此冬王只要全力反撲，掌控國家絕非夢想。

——烏妃只要有心，得到世上的一切都非難事。

當然這只是理論上。烏妃如果真的要取代皇帝的地位，過程可以說是困難重重。畢竟周圍的所有人都不會允許這種事情發生。

壽雪雖然對想要殺死皇帝的烏妃頗感興趣，但目前的當務之急，是詢問那企圖打破結界的烏妃的相關細節。

「烏妃及那巫術師，僅兩人如何破結界？」

「這個嘛，老夫也不清楚……傳說並沒有交代這些細節。應該是怕說得太清楚，後代的烏妃及巫術師會依樣畫葫蘆。」

「唔……」壽雪不禁皺起了眉頭。這個部分才是最重要的關鍵。

「需知敗因，方可驅避……可知此烏妃姓名？」

「並沒有留傳下來。巫術師的姓名也一樣。」

封頓了一下，接著說道：

「不過倒是傳承下了首飾。」

「首飾？」

「據說是當年那烏妃隨身佩戴的玉飾，而且好像還是那烏妃的母親留下的遺物……或許這首飾，如今就在夜明宮內。」

壽雪細細回想櫥櫃裡的東西。那櫥櫃收藏著歷代烏妃所遺留下的髮簪及步搖等飾品，她經常拿出來使用。

「啊，確有一首飾，上鑲一罕見玉石……」

那是一顆相當奇特的玉石，雖然顏色為靛青色，但隨著光影的變化，會呈現出紅、綠、黃等各種不同的顏色。由於那首飾實在太過招搖，壽雪一次都不曾佩戴過。

「應該就是那個吧。」封說道。

「因何未與烏妃一同入殮？」

歷代烏妃都葬於禁苑，壽雪還不曾去過。

「或許是那首飾太過精美，捨不得讓它成為陪葬品。」

「即便精美，巫術師豈能佩戴之？」

「大概是想要留給下一代的烏妃吧。讓烏妃打扮得漂漂亮亮，多少也算是一種彌補。」

壽雪心想，難怪夜明宮的擺設及收藏的飾物皆極盡奢華之能事。

——但一個企圖逃走的烏妃，其首飾怎麼會被輕易留下來？

難道是當作對後代烏妃的一種警惕嗎？如果企圖逃走，就只有死路一條……

「此事不明之處甚多，委實可惜。」

壽雪沉吟著說道。畢竟年代太過久遠，只留下一些細節不明的傳說。至少要知道姓名，才能夠藉由招魂來詢問詳情。

目前只知道這名烏妃是地方上某商家的女兒，小時候曾遭繼母虐待，以及死後留下了一件首飾。

——對了，首飾！

壽雪站了起來。

「吾且歸夜明宮，此事若查得其他諸般隱情，當速告吾。」

壽雪慌忙離開了冬官府。由於她一直專心思索著封一行所說的那些話，直到走了好一陣子，才察覺衛青跟在後頭。

「……汝尚隨於吾後？」

壽雪轉頭吃驚地說道。

衛青露出一臉理所當然的表情，回答道：「大家命我隨侍在娘娘身邊。」

話是這麼說沒錯……

「尾隨吾後，如何不發一語，令吾驚懼？」

「這就是隨侍的意思。我的職責並不是和妳閒話家常。」

「汝與大家同行，亦常閒談。」

「不要拿妳和大家相提並論。」

言下之意，當然是「我不想跟妳說話」。壽雪雖然有些不悅，但見衛青對自己的態度恢復了以前的樣子，心裡也有些鬆了口氣。

「高峻近來無事？」

壽雪問道。

衛青狐疑地揚眉反問道：

「為何這麼問？」

「並無深意……吾問高峻近況，如問天候。」

只是隨口問問而已，突然被問「「為何這麼問」」，當然說不出個所以然來。

「大家最近很好。」

衛青冷冷地說道：「沒什麼特別的變化。」

「如此甚好。」

壽雪嘴上這麼回答，胸口卻感覺異常沉重。不知道為什麼，最近只要想到高峻的事，就覺得呼吸困難。喉嚨好像鯁了塊東西，胸中彷彿瀰漫著一團濃霧。

衛青凝視著壽雪的臉，問道：

「妳……」

壽雪抬起了頭來。

衛青遲疑半晌，才接著說道：「獲得自由之後，妳有什麼打算？」

「咦？」

壽雪一時不明白衛青這麼問是什麼意思。

「我的意思是，如果能夠從烏漣娘娘的束縛中獲得解放，妳有什麼想要實現的夢想？例如想要去哪裡，或是想要做什麼事？」

衛青解釋了他的問題。這次他故意說得非常慢，簡直把壽雪當成了三歲小孩。壽雪忍不住又想發脾氣，但畢竟若一直鬥嘴，對話就無法好好進行下去。

「不知。」

壽雪雖然臭著一張臉，還是老實說出了心中的想法。

「吾未嘗思及此事。況吾等尚不知釋烏之術，多言皆屬奢求……」

——烏妃當一無所求。

當年麗娘告誡過的話，忽然又迴盪在壽雪的耳畔。

——求則苦，若無力制之……便生妖魔。

接著又響起了魚泳的警告。

如今兩人皆已不在世上。

「吾無所求。」

壽雪丟下這句話，便緊閉雙唇，轉身邁步。

❀

——一無所求！

如今連能否擺脫烏的束縛都還是未知數，談論夢想有什麼意義？

壽雪雖然如此告訴自己，心情卻是起伏不定。

一將人送到夜明宮，衛青立刻便回內廷去了。九九本來想要煮茶，也被壽雪推辭了，她走入房中，獨自打開櫥櫃。

櫥櫃裡放了毛筆、硯臺、裝著髮簪及步搖的髮飾盒，以及各式各樣的精巧玩意兒。其中的魚形玻璃飾物、魚形琥珀及木雕薔薇吸引了她的目光。這些都是高峻所送的禮物。當然壽雪打開櫥櫃的目的並不是這些物品，儘管如此，視線卻無法移開。

她完全無法克制劇烈擺盪的心緒。壽雪也不明白，究竟是什麼讓自己心亂如麻。

壽雪強迫自己移開視線，望向放在櫥櫃下層一只扁平形狀的螺鈿鑲嵌飾品盒。這才是打開櫥櫃的主要目的。她取出盒子放在小几上，慎重地打開了盒蓋。裡頭放的正是一條首飾。首飾周圍以金雕及珍珠串連而成，中央垂掛著一顆藍玉。那顆藍玉通體呈現靛藍色，但在搖曳晃動時會隨著角度不同，而流轉出紅、黃、綠等不同色澤，一道道光芒宛如在藍玉的表面游動一般。整件首飾美得讓人嘆為觀止，令壽雪看得渾然忘我。

「原來娘娘還有這樣的首飾，真是太美了。」

九九自背後窺望，發出了讚嘆之聲。

「請問娘娘，這玉是什麼名堂？我可從來沒有見過呢。」

「吾亦不知，或為罕見之玉。」

壽雪心想，或許淡海曾經見過這種玉，於是將他喚進了房內。淡海是富家子弟出身，在奢侈品方面算是見多識廣。

但淡海看了半晌之後，歪著腦袋說道：

「我也從來不曾見過，或許是異國之玉吧。」

「異國……」

壽雪不禁心想，既然這玉如此罕見，只要追查這玉的來源，或許就能得知當年持有者的身分。倘若能夠查出當年那名烏妃的姓名，就可以招魂。

「九九，吾欲作一書，汝可為吾磨墨。」

九九聽了吩咐，喜孜孜地開始準備起筆墨。過去壽雪什麼事都自己動手，不喜歡假手他人，但因為吩咐九九做事能讓她開心，所以最近也終於漸漸習慣盡量把事情丟給九九做。

「請問是要寫給誰的書信？」

「花娘。」

「原來如此，那麼或許可以用這張淡藍色的麻紙，或是這張青磁色的。」

「偶用薄紅，亦無不可。」

「這麼說也對……啊，不然這個顏色如何？」

九九取出各色麻紙，跟壽雪妳一言我一語地挑選了起來。

一旁的淡海不禁搖頭苦笑。

「什麼顏色的紙，還不都一樣？只要能寫就行了。」

淡海雖是富家出身，卻似乎無法理解這種纖細的貴族文化。

「紙就像是書信的臉面，第一眼就會看見，可是不能馬虎的。」

九九不悅地說道。

最後壽雪挑選了一張有著白色漸層紋路的淡橙色麻紙，言簡意賅地寫了幾句話後，便連同放著首飾的盒子一同交給淡海。

「娘娘要把這首飾送給鴦妃？」

「非也。有事相詢，故暫託之。」

「原來如此。」

淡海答應了，拿著東西走出殿舍。

來自夜明宮的宦官帶著壽雪的書信求見時，花娘正在抄寫著卷軸。

「啊……我記得你叫淡海吧？辛苦你了。」

當初花娘在泊鶴宮受傷時，正是淡海將她護送回鴛鴦宮。由於淡海的外表看起來英姿颯爽，鴛鴦宮的宮女們都對他頗有好感。

「這盒子是……？」

「夜明宮的首飾。」淡海恭謹地說道：「烏妃娘娘說，有一事想要請教鴦妃娘娘，因此吩咐我帶來。」

花娘心中狐疑，打開了盒子。

「啊，好美。」

侍女們見了那美麗的藍玉首飾，都發出了讚嘆聲。

「這是藍彩玉吧？真是罕見。」

花娘一邊呢喃，一邊讀起了信。

——欲知此首飾來歷。

信中如此寫道。接著信中又解釋，這首飾原本是從前某代烏妃所有，壽雪想要知道那烏妃的身分。

「請問娘娘，這美玉的名堂是藍彩玉？」

淡海聽見了花娘剛剛的呢喃，如此問道。

「這是雨果之國所產的美玉，數量相當稀少，在霄國難得一見，我也只見過兩、三次……啊，我明白了，阿妹已猜到這是異國之玉，所以才來問我。」

花娘的父親是海商，因此她從小接觸過各種異國珍物。而且因為父親的關係，花娘經常收到來自海商的貢品。

花娘的父親是雲家的長男，但因厭惡官場文化，故並沒有任官，反而成了一名海商。而花娘的叔叔，即雲家的次男行德，如今不僅位居高官，而且頗具人望，讓雲家上下都鬆了一口氣。這些家族軼事，花娘都曾向壽雪提過。

「能擁有這麼珍貴的藍彩玉，若非豪富之家，便是大海商，多半是界島的海商吧。」

「界島？」

「界島擁有全霄國最大的港口，一些歷史悠久的海商都集中在界島。」

因為海潮的關係，絕大多數的商船都會在界島停靠，這使得界島聚集了大量的海商。此外界島也是距離鄰國阿開國最近的地區。

「烏妃文中說這首飾的原持有者是地方商家之女……那指的應該就是界島的海商吧。若真是界島的海商，靠著父親的人脈，應該可以查出其來歷。」

花娘笑著對淡海說道：

「請告訴烏妃，我會馬上寫一封信給家父。在查出端倪之前，請她稍候一些時日。」

✿

「以上就是鴦妃娘娘託我轉達的話。」

「吾知矣。」壽雪聽了淡海的轉述，點了點頭。

「界島……」

如果沒記錯的話，那是一座位在京師東南方的島嶼。

——乾脆問問千里，是否知道關於界島的傳說吧。

壽雪心中如此盤算，正提起了筆，忽然又有宦官來訪，壽雪只好又將筆擱下。

一問之下，那宦官原來是燕夫人黃英派來的……不，她現在已非燕夫人，而是鵲妃了。

「鵲妃娘娘已平安移居鵲巢宮。娘娘大感欣慰，直說這都是烏妃娘娘的功勞，因此派小人送來薄禮。」

壽雪轉頭望向鵲妃送來的遷宮之禮。漆臺、絹布、髮簪、珊瑚、珍珠……這份禮可說是相當厚重。

「鵲妃近日無恙？」

壽雪問道。

那名宦官神情有些緊張地說道：

「鵲妃娘娘神清體健，謝謝娘娘關心。」

「如此甚好。」

那宦官表達了鵲妃的感謝之意，恭恭敬敬地退出門外，才剛走下殿舍階梯，忽然像逃命一樣拔腿狂奔。

——簡直把這夜明宮當成了鬼屋。

正如同當初松娘所說的，自從發生了飛燕宮殿舍崩塌事件之後，烏妃彷彿被當成了妖魔鬼怪。

「真是太失禮了。」淡海看著那宦官的背影說道。

「無妨。」壽雪一邊說，一邊提起了筆。

反正只是恢復了原本的狀態而已。烏妃在後宮本來就應是眾人敬畏恐懼的對象。

「啊……」

筆鋒似乎蘸了太多的墨，一滴墨汁忽然滴落，在紙上留下了汙點。壽雪皺起眉頭，只得換了一張新的麻紙。

花娘雖然對淡海聲稱要寫信給父親，但實際上花娘寫信的對象，是長年跟隨在父親身邊打理一切的老扈從。她深知就算寫信給父親，父親也會把這件事丟給老扈從處理。那老扈從是個相當盡責的人，馬上就把首飾的來歷查得一清二楚。

花娘的做法，是把那藍彩玉首飾畫成了圖樣，附在寫給老扈從的信中，要老扈從幫忙在界島的海商之間打聽看看，是否有人認得這首飾。那顆藍彩玉碩大而質美，金雕及珍珠也都是第一流之物，就算是在豪富之家，應該也是傳家之寶的等級。倘若是歷史悠久的海商，想必有人曾經聽聞過這件首飾的來歷。果然不出花娘所料，老扈從在信中聲稱那首飾原本應是由界島海商序氏所持有。

序氏是長久以來一直在界島經營海商的家族，更有傳聞指出這個家族原本是界島的島主。界島人都曾聽說過，序氏家族原本擁有一件相當美麗的藍彩玉首飾。傳聞中，那顆藍彩玉原本是由一名雨果船員所擁有，後來雨果船員所搭乘的船遭遇海難，序氏家族救起了那船員，船員因此將藍彩玉送給序氏家族以報答救命之恩。不過還有另一種謠傳，直指那顆藍彩玉是序氏家族靠著與雨果船員進行見不得人的交易所取得。

因為那顆藍彩玉不僅碩大，而且完美無瑕。雨果的商船自古以來有個傳統習俗，那就是每次出航都必須將船上最美的一顆藍彩玉投入海中獻給海神，以祈求航程平安順利。如果沒有這麼做，那艘船就會遇上暴風雨。

既然是最美的藍彩玉，價值自然也最高，往往受到利慾薰心的商人所覬覦。因此在界島的一些謠言裡，指稱序氏家族那顆藍彩玉也是他們以骯髒的手法所取得。

序氏家族自從獲得了那顆藍彩玉之後，便開始家道中落。家族的船屢次遭遇暴風雨，連船帶貨全都沉入了海底。家族當家還生了重病，整個家族從此土崩瓦解。大家私底下都說那正是因為序氏家族搶了海神的寶玉，所以才會接連遭遇不幸。

如今的序氏家族雖還是界島的海商之家，但已喪失了從前的繁華榮景，只能過著勉強溫飽的日子。有人說那藍彩玉首飾如今依然是由序氏家族所持有，有人說序氏家族早已將首飾變賣，還有人說序氏家族的當家心生恐懼，將首飾投入海中，還給了海神。

「說起來實在很不可思議，越是美麗的寶玉，越有著悲哀的來歷。」

偶然造訪鴛鴦宮的高峻聽了花娘的描述，輕輕點頭說道：

「受到詛咒的寶玉，倒是時有所聞。」

「不過倒也不是無法理解，畢竟玉給人一種深奧莫測的虛幻之美。」

越是平凡的事物，越能帶來幸福。這也意味著美麗的事物往往會招致不幸。尤其是一些古老的傳承故事，往往是這樣的情節。不知道是為了警惕世人，還是美麗之物當真有著邪惡的魔力。

「連朕也不知道，原來夜明宮有這樣一件首飾。」高峻以平淡的口吻說道。

花娘看著高峻，心裡暗想他對壽雪如此傾心，卻不得不將她軟禁在夜明宮內，本來以為這人應該會顯得相當落寞、沮喪，沒想到他的神情與往日毫無不同。不過花娘轉念又想，高峻向來是個不讓心情顯露在臉上的人，自己要推敲他的心思恐怕並不容易。不過他這種深藏不露的內斂性格並非與生俱來，而是與皇太后鬥爭的後遺症。

「烏妃似乎想知道當年持有這首飾的前烏妃姓名，我已經透過家父的人脈向序氏打聽。

既然是自古傳承下來的世家，必定有祖譜可查。據說那烏妃是欒朝中葉人士，只要查找那個時期的祖先，應該能有斬獲。」

「原來如此，那就有勞妳了。」

花娘凝視著高峻的臉，問道：

「為什麼陛下會對我這麼說？我是幫烏妃的忙，不是幫陛下的忙。」

「不，那個……」

高峻一時語塞。過去很少看他露出這種不知所措的表情。

花娘心想，果然高峻與壽雪之間，有著自己所無法介入的心靈聯繫。過去花娘早就有這樣的感覺，如今這個感覺得到了印證。

然而花娘無法判斷這兩人之間的心靈聯繫，是思戀，是關愛……還是同情。高峻對自己所表露出的，是宛如面對骨肉親人的關愛之情。至於壽雪，花娘相信高峻絕對不是將她當成了骨肉親人。但若說是思戀之情，似乎少了濃情密意；若說是友情，似乎過於沉重而深刻；若說是同情，似乎又顯得過度執著。

「對烏妃的軟禁還要持續下去嗎？應該差不多可以解除命令了吧？」

原本後宮是受妃所管轄，而花娘位居眾妃的頂點。照理來說，後宮的大小事務都該由花娘發號施令。

高峻默不作聲，沒有回答這個問題。

「陛下，您知道嗎？現在後宮的情況已經和當初不同了，許多宮人都對烏妃心懷恐懼。前陣子不是發生了飛燕宮殿舍屋頂崩塌事件嗎？大家都說那是烏妃所為。」

「……這一點，朕也聽說了。」

「原本被拱上天的人，往往也會一夕之間成為過街老鼠。為了烏妃著想，她應該要與各宮妃嬪維持一定的交流。尤其是跟我的交流，絕對不能斷了。」

花娘每次與高峻說話，總是喜歡擺出一副姊姊的態度，對其諄諄勸戒。兩人的關係從以前就是這樣，花娘一直改不掉這樣的習慣。

「這麼說也對。」

高峻坦然點頭稱是。「這件事，妳看著辦吧。」

「放心交給我吧。」

花娘嫣然一笑。事實上花娘說這些話的真正理由，是因為巴不得想要立刻和壽雪見面。

來自花娘的消息還未傳入夜明宮，壽雪已收到了千里的來信。內文是有關壽雪所詢問的界島傳說之事的回覆。

文中表示已找到了相關傳說，因此寫信告知。

界島有一長者，家中育有一女，頗具姿色。此女自幼喪母，父親娶了續絃的妻子，這繼母終日以欺凌前妻之女為樂。例如繼母曾交給女兒一張破網，要求女兒出海捕魚；又曾在寒冬要求女兒到山上採蕨菜，沒採到之前不准回家。女兒帶著破網出海，有漁夫同情她的處境，分了一些魚給她；女兒到山上採蕨菜，也有樵夫看她可憐，將自己醃製的蕨菜分了一些給她。

繼母將女兒當成了奴僕一般使喚，從來不給她穿新衣服，因此女兒每天都穿著破爛衣物。女兒索性用塵土把美麗的臉孔抹黑，頭髮也塗上煤灰，繼母看了，這才心滿意足。一旦女兒洗去臉上的汙垢，繼母就會氣得大呼小叫，吩咐女兒做些打掃馬糞之類的骯髒工作。

女兒到了該出嫁的年紀，繼母卻依然把她留在身邊，每天欺負她。在繼母的欺壓之下，女兒的氣色越來越差。

某一年，有使者自京師來到了這戶人家，聲稱女兒已獲遴選為皇帝的妃嬪。繼母告訴使者，女兒相貌醜陋，實在沒資格成為妃嬪。使者不相信，繼母於是將女兒叫過來，讓使者看她那衣衫襤褸、蓬頭垢面的模樣。使者看了並不死心，依然堅持要把女兒帶走。繼母又氣又惱，眼見載著女兒的馬車漸行漸遠，竟然尖聲大叫，朝著馬車追趕而來。後來女兒上了船，離開了界島，繼母還是在後頭窮追不捨，終於落入了海中。即便已經快要溺死了，繼母依然對女兒罵個不停。海神看不下去，決定掀起一股大浪，將繼母捲入海底。

直到今天，繼母依然在海底不停地罵著。居民們聽不見她的聲音，卻能看見從海底冒出的氣泡。

每次讀到像這樣的傳說故事，壽雪總是不禁感到納悶，孩子的父親到底在幹什麼，為何沒有保護女兒。但傳說畢竟只是傳說，針對不合理之處提出質疑也只是浪費力氣而已。

——來自京師的使者並不在意女兒美醜，是因為她要當的是烏妃，並非一般的妃嬪。以欺凌前妻之女為樂的繼母，卻誤以為女兒成了皇帝的妃子，才會氣得咬牙切齒。

讀完了故事，壽雪不禁感到心情鬱悶。這個故事的主旨，是女兒在歷經了繼母的欺侮之後，終於獲得了幸福。然而現實卻是女兒根本沒有獲得幸福。原以為終於逃離了地獄，然而在前方等著女兒的，依然是無止境的地獄。

——何必挑選這樣的少女成為烏妃……？

活在痛苦深淵之中的人，永遠都必須活在深淵之中。難道這就是命運的安排？

千里在信中接著寫道：

像這種子女遭到繼母欺凌的故事，可說是相當常見的情節，但在這個故事之中，還加入了海底火山的要素。

壽雪讀到這裡，才知道原來海底也有火山。故事中所提到的氣泡，指的就是海底火山。

不過有一點令微臣頗為在意，那就是繼母追趕女兒的橋段。在典型的壞心腸繼母的故事裡，並沒有像這樣的橋段。如果是為了追趕親生子女，或許還說得過去，但被帶走的畢竟只是前妻的女兒，繼母照理來說沒有必要這麼激動。

另外還有一點，這個故事的前半段與大海並沒有什麼關聯，後半段卻突然提到海神及海底火山，這也讓人百思不解。

壽雪將千里的來信反覆讀了幾遍，陷入了沉思。

過了一會兒，花娘的書信也送達了。花娘在信中說明了首飾的大致來歷，並強調還會進一步追查下去。

「序氏首飾……」

原本那顆藍彩玉，應該是要獻給海神的祭物。壽雪讀完了花娘的來信，又拿起了千里的書信，嘴裡低聲喃喃著。

數天之後，花娘竟然光明正大地造訪夜明宮，令壽雪吃了一驚。

壽雪遭高峻下令軟禁是眾所皆知的事情，花娘身為後宮的管理者，從來不敢帶頭打破規矩。沒想到今天花娘竟帶著大隊的侍女及宦官來到夜明宮，讓她一時看傻了眼。

「陛下恩准我來看妳。阿妹，好久沒見到妳了，做姊姊的好開心。」

花娘興奮地握著壽雪的手。

「我已經查到了當年持有那首飾的前代烏妃姓名。今天除了來告知此事以外，還想跟妳聊一聊。」

花娘的侍女遞出了那裝著首飾的盒子。九九伸手接過，放在小几上。壽雪請花娘就坐，自己也在對面坐下。

「我在信裡也提過，這件事我是拜託家父身邊的人，向序氏商借祖譜。序氏同意了，所以我拿到了祖譜的抄本。」

花娘從懷裡取出一張紙，攤開後放在桌上。那張紙極長，花娘以俐落的動作將一部分的紙面摺起，只露出重要的部分。「以時代來看，就在這附近。」

紙面上寫著大量的名字，以及許多線條。花娘指著其中一個名字，那是個「寧」字。

「這個序寧應該就是成為烏妃的少女，理由就在於……」

花娘將手指往上挪，指著「寧」字上方的名字，接著說道：

「這是序寧的生母。在其丈夫，也就是當時的序氏當家的名字旁邊，還寫著另一個名字，這就是繼母。序氏家族除了祖譜之外，還有一本代代傳承的家史，裡頭簡單記載著每一代的經商大事，以及序氏一家的私事。在這本家史之中，寫著序寧進了後宮。除此之外，並沒有任何關於序寧的詳細記載。至於這繼母，似乎原本是當家的小妾，後來因為序寧的母親過世，小妾才被扶正為正室。」

壽雪看著那祖譜，心裡想著「原來如此」。

「家史之中完全沒有提及那首飾的事。不過如果那首飾是以見不得光的手段所取得，沒有留下任何記載也是理所當然的事。」

壽雪點了點頭。

「既知烏妃姓名，足矣。不勝感激。」

花娘凝視著壽雪問道：

「妳要招魂？」

從前壽雪曾為花娘喚出情人的亡魂，因此花娘猜到了壽雪想知道名字的理由。

「妳可別太勉強了。召喚出不幸過世者的魂魄，難免得承擔其心中的傷痛。」

花娘對壽雪的關懷，如流水一般滲入了她的心頭。

壽雪微微揚起嘴角說道：「無妨，吾不為已甚。」

花娘凝視著壽雪的雙眸，神情依然流露出一絲擔憂。

「尚有何憂心之事？」壽雪問道。

「沒什麼……」花娘揚起嘴角，搖了搖頭。

「對了，陛下最近曾來過嗎？」

「不曾。」

其實高峻曾經偷偷來過一次，但壽雪沒有據實以告。高峻是下達命令的人，如果讓外人得知他曾偷偷來到夜明宮，恐怕會讓他的立場變得尷尬。不過這並不是她決定說謊的理由，就只是單純不想讓花娘知道這件事罷了，至於理由，就連壽雪自己也說不出個所以然來。

「是嗎……？」

花娘露出若有所思的表情，但隨即又揚起爽朗的微笑，說道：

「妳跟陛下應該會互相寫信吧？下次我拿到異國的罕見紙張，就送一些來給妳。」

花娘轉頭望向侍女，侍女將一束卷軸放到花娘手上。花娘回過頭來，接著說道：

「這卷軸是我親自抄寫的，給衣斯哈讀吧。我刻意挑了一些簡單的文章，他應該也讀得懂。順便也可以當作習字的範本。」

「感激至極。」壽雪喚來了衣斯哈。衣斯哈開心得不得了，一張臉漲得通紅，不斷向花娘道謝，而花娘則以充滿慈愛的眼神看著衣斯哈。每當花娘面對年幼者的時候，態度必定慈和而友善，總是表現出無微不至的關懷。當然在面對壽雪時的神情也是這樣。壽雪不禁暗想，下次派遣使者至鴛鴦宮時，選擇衣斯哈或許更能讓花娘開心。

花娘離去後，九九不禁說道：

「以花娘娘現在的立場，她應該很為難，但她的態度完全沒有改變呢。」

「花娘娘」是宮人們對花娘的暱稱，當然在本人的面前是不會喊出口的。

「立場為難？啊……汝謂皇子之事？」

花娘與高峻之間並沒有孩子。這是理所當然的事情，畢竟這兩人並沒有夫妻之實。然而其他妃嬪卻是一個接著一個有了身孕。要是生了男嬰，獲冊立為皇太子，花娘的立場就會變得相當尷尬。黃英或晚霞甚至可能取代花娘的地位，站上後宮的頂點。

「如果花娘娘的祖父如今還是宰相，或許情況還不會這麼糟……畢竟花娘娘的父親並非朝廷命官，接下來將要撐起雲家的叔叔又是性情溫和的人，沒辦法推姪女一把。」

「此等話語，必出自淡海之口。」

壽雪無奈地說道：「汝中其毒深矣。」

九九噘起了嘴，說道：

「才不是呢。是鴛鴦宮的宮女說的。她們都很為花娘娘擔憂。」

「此皆杞人憂天。」

壽雪心想，高峻絕對不會虧待花娘吧。

「但願如娘娘的金口……」

「黃英、晚霞性情不合，皆難當後宮之主。」

「這麼說也是沒錯。」

九九終於露出了笑容。

「既然花娘娘來了，過幾天陛下應該也會大搖大擺地走進來吧。」

「吾近日繁忙，願彼勿來滋擾。」

「娘娘怎麼又說這種話。」

九九呵呵笑了起來。

——兩人才剛這麼說，當晚高峻就來了。不過並非「大搖大擺」，而是相當低調。

壽雪才剛讓九九等人退下，準備要進行招魂儀式。一看見高峻，不由露骨地皺起眉頭。

「汝有何事？吾正忙，無暇與汝對弈。非苦無制汝之策，但無閒暇。」

兩人上一次的那一場棋局，到現在還沒有下完。

「下棋的事先擱在一邊，朕聽說妳在調查從前烏妃的首飾？」

高峻明知道壽雪心中不悅，還是大剌剌地坐了下來。

「非也，吾非查烏妃首飾，乃以首飾查烏妃。」

「原來如此……查出了什麼端倪？」

高峻問道。

「已知其名。」

壽雪直接說了結論。正當她還在思考該怎麼把事情始末原原本本告訴這人，高峻卻先開口說道：

「花娘提過一些細節。那首飾原本是界島海商序氏所持有，而且上頭的玉是搶了海神的祭物？這傳聞挺有意思。」

「……另有千里所查界島傳聞。一女受其繼母欺凌……」

壽雪將那故事說了出來。

「受到欺凌的少女就是烏妃？」

「此傳聞與封一行所述烏妃來歷相符。花娘遣人問序氏後人，得此入宮之女姓名。首飾傳聞並繼母傳聞，皆與序氏有關……」

壽雪舉起雙手手掌，各伸出一根指頭，在眼前併攏。

「然此事一分為二，各自流傳，實耐人尋味。」

壽雪一邊說，一邊將併攏的手指分開。

「繼母傳聞中，並未提及前妻之女攜首飾入宮。」

高峻將雙手交叉在胸前，輕輕點了點頭，示意壽雪繼續說下去。

「千里尚提兩疑點。繼母何以苦苦追趕繼女？傳承後半何以提及海神？此兩點，吾亦疑之。依吾所見，此首飾當為其解。」

「噢……？」高峻顯得相當感興趣。

「首飾傳聞對此首飾下落並未明言。首飾或不復為序氏所有，然如何失卻，昔日島民無從得知。想來此事當年便已成謎，故傳聞亦未提及。然如今吾等已知首飾去向，便是序寧入宮為烏妃之際，將首飾攜帶入宮。」

序寧將首飾帶入後宮的行為，想來並沒有經過序氏家族同意。

「必是序寧竊取首飾，借此機會夾帶出門。若為序氏家族所知，必遭反對，或遭繼母奪回。由此思之，首飾原非序寧之物。即便曾為序寧所有，亦已遭繼母強奪，故此首飾原本當在繼母手中。」

「……妳的意思是，首飾原本在繼母手中，卻遭序寧偷偷帶出家門，所以繼母才會對序寧窮追不捨？」

「此處尚有一疑點。繼母追趕序寧，何以不明言『追討首飾』？若繼母明言此點，首飾傳聞與繼母傳聞當合而為一，首飾下落亦當昭然。由此反思，繼母必不曾明言『追討首飾』。然則繼母何以不敢明言？其中必有難言之隱……」

「也就是說，繼母會持有這首飾，乃是有著不可告人的理由，所以就算被偷了，也不敢聲張？」

壽雪點頭說道：

「吾推其由，應是此首飾本不應尚在序家，故繼母不欲此事為人所知。且若僅為售予他人，何不言已購回？若非售出，則首飾何以理應不在序家？關於此點，當思其玉傳說，便知真相……序家必是對外人言首飾已棄於海中。」

序家必定是對外宣稱已將首飾重新獻給海神，以平息海神之怒。

「欲棄首飾於海中之人，必為序氏當家。何以做此決定？當是為化解海神之祟。祟者，或家道中落，或家破人亡。繼母原為小妾，前妻死而得為正室。吾料前妻必身染重病，當家不欲妻死，故盤算以首飾獻與海神，以救妻命。」

但是最後首飾並沒有被拋入海中。

「小妾何以暗中據首飾為己有？或為其美玉迷惑心智，或為奪正室之位。前妻若死，小妾便為正室，此即小妾之謀。序寧探知此事，故臨出家門之際，竊其首飾而去。繼母得知後倉皇追趕，必是懼序寧以此為證，訴於帝或使者、高官。此事若為外人所知，繼母必然遭逐出序家。」

「……如果更進一步推敲，前妻生重病或許也是小妾搞的鬼。前妻的死，搞不好還是小妾下的毒手。序寧或許知道是繼母殺了母親，也或許不知道，但繼母必定認為她已知道祕密，所以才會說什麼也要把首飾追回來。」

壽雪聽得瞠目結舌，說道：

「吾未思及此節。」

「朕在想事情的時候，總是喜歡想最壞的情況，這是朕的壞習慣。」

高峻淡淡地說道。這個壞習慣說起來也實在挺令人頭大。

「言歸正傳……」壽雪輕咳一聲，接著說道：「繼母實非追趕序寧，乃是追趕首飾。傳說之末，繼母觸怒海神，於海底口吐泡沫，想來亦是知情者暗喻真相，或真相私下相傳，致令傳說結尾生變。」

這樣的推測是否為真，只要詢問序寧就知道了。

「但妳為什麼要調查這名烏妃的事？」

高峻問了一個最根本的問題。

「序寧曾與巫術師聯手，欲破香薔結界。」

高峻的眉毛微微抽動。

「後來她失敗了？」

「結界未破而出城門，故死。吾欲問其破結界之法，並詢失敗之因。如欲招其魂，須知其姓名。」

「原來如此……」高峻點點頭，喃喃說道：

「來自界島的烏妃……」

他垂下了頭，不知在思索著什麼。燈籠的火光不斷搖曳，在其雙眸中投射出了光影。

「……界島是通往他國的門戶。」

半晌之後高峻低聲說道。那聲音實在太細微，以至於壽雪無法肯定他是在對自己說話，還是在自言自語。

「吾聞界島為貿易之港。」壽雪歪著頭說道。

「霄國的西側及北側，不僅天候變化劇烈，而且外海有著非常強勁的海流，只要一個不小心，就會被海流推向遠方。再加上西、北兩側的海岸多為陡峭的岩岸，不適合開闢港口，船隻就算遇上了暴風雨，也找不到港口可以躲避，自古以來常有船隻因此罹難。因為這個緣故，商船大多會來到東側靠港。東側雖然天候較穩定，但海中的潮流非常複雜，操船者必須要有相當熟練的技術才能夠順利航行。而且自從伊喀菲島沉沒之後，霄國的貿易對象主要是南方的花勒、花陀等島國。霄國的東南方向最適合靠港的港口，就是界島。不過其實還有一個地區比界島更適合靠港，那就是鄰近的阿開國。所以阿開國的貿易活動比霄國更加興盛。霄國的海商都是以界島至阿開之間的海域為根據地，花娘的父親也不例外。」

高峻以平淡的口吻對著壽雪侃侃而談。他過去很少說這麼多話，然而她卻只是應了一聲，不知該說什麼才好。

「正因為這樣的性質，所以不只各國前往阿開國的人很多，自阿開國前往各國的人亦然。欒朝覆滅之際，許多巫術師都逃到了此處避難。」

封一行也是其中之一。

「壽雪。」

高峻忽然呼喚了壽雪的名字。那嗓音彷彿有種能夠在胸中深處輕輕震盪的力量。每當她聽見高峻呼喚自己的名字，總會有種說不上來的奇妙感覺。彷彿整個人要被吸了過去，而且完全無法抗拒。

「……何事？」

「妳想不想去阿開？」

壽雪聽見這毫無來由的一句話，錯愕地張大了嘴。

「朕指的是當有一天，我們成功破除了結界，也找到了烏的半身，妳不再受烏妃的身分束縛的時候。」

「此等未來之事，吾豈……」

「朕知道現在說這些還太早，但早一點考慮清楚總是不會錯的。」

壽雪陷入了沉默。高峻這句話說得沒錯。正因為不知道未來會發生什麼樣的狀況，才更應該要事先妥善規劃。但是……

──他的意思，是希望自己離開霄國？

「到了阿開之後，如果妳想去花勒或花陀，也完全沒有問題。前往阿開的路程，朕會命羊舌慈惠安排，妳完全不用擔心。慈惠有不少海商的人脈，到了阿開之後……」

「勿復言。」

壽雪惡狠狠地瞪了高峻一眼。高峻遂緊閉雙唇，不再言語。

「汝欲逐吾出國？若吾為罪人，可即押送流人之島，何須多言？」

「朕不是那個意思。」

「既不欲留吾於國內，又有何異？」

「朕只是想要讓妳活得更安心，更自在……」

「此非汝可一意而決！」

壽雪大聲喊道：

「如此做法，與囚於宮城無異，豈是自由之道？」

聞言高峻不禁皺起了眉頭，就連臉部亦籠罩上一層陰影。瀰漫在周圍的夜晚空氣此刻竟宛如凝結了一般濃重，令人忽感寒意大增。壽雪與高峻互相瞪視，兩人都沒有再開口。

半晌之後，是高峻率先移開了視線，他長長嘆了口氣，過去壽雪從不曾見他露出如此焦躁的神情。

「朕並不是要強迫妳接受，只是提出一個朕所能想到的最佳方案。如果妳有更好的想法，那就照妳的想法去做吧。」

然而壽雪沒有應答。既然連高峻都認為這是最佳方案，那就必然是最佳方案無疑。關於這一點，壽雪自己也是心知肚明。為了拯救烏妃，這已經是高峻所能想到的最佳策略。

然而卻有一股難以言喻的煩躁感在壽雪的胸中不斷激盪，令她說不出話來。

自己什麼壞事也沒有做，為什麼非得離開這個國家不可？何況這個要求還是從高峻的口中說出。當然這些都有充分的理由，壽雪其實也能夠理解。但是，雖然理智能夠理解，然而感情上卻無法接納。

「……抱歉，突然對妳提這些。這不是需要立刻決定的事情，妳可以好好考慮。」

高峻淡淡說完了這些話後，起身走向門口。

壽雪垂下了頭，像是忍耐什麼似的緊緊咬著嘴唇。直到高峻走出殿舍為止，他的衣襬摩擦聲依然不斷繚繞在壽雪的耳畔。

——為什麼自己的心中，會產生如此強烈的焦躁感？

壽雪非常清楚，高峻只是一心一意想要幫助自己。為什麼對於他的建議，自己會產生如此強烈的反抗心態？難道只是不高興他未經自己同意就擅自做出決定嗎？

——當然這也是原因之一……

高峻不僅要求自己離開京師，甚至還要求自己離開霄國，前往阿開。這是壽雪作夢也沒有想到的事情，所以反應才會如此強烈。

但只要冷靜思考，就會發現這其實是合情合理的建議。壽雪身上流著欒朝的血脈，只要待在霄國一天，安全就有很大的疑慮，而且隨時有可能遭到有心人士利用。

——如果不想死，就只能逃往天涯海角。

說穿了，就是這麼一回事。

「遠離霄國……」

一旦離開了霄國，恐怕此生再也沒辦法踏上霄國土地。

當然也沒辦法再見到高峻。

驀然間，壽雪感到胸口一陣疼痛，幾乎無法呼吸。那種感覺就像是吸入了嚴冬的酷寒空氣。她不禁弓起背部，以雙手按往自己的胸口。雙眉也緊蹙了起來，低著頭強自忍耐，好一會兒後才吁了一口長氣，再度挺直了腰桿。

——只要自己還待在霄國一天，恐怕高峻也是夜不安枕……

倘若離開霄國是必然的結果，自己也只能接納了。不過那大概是很久以後的事了吧。

——在那之前，自己還有很多事情得完成才行。

壽雪暫時將高峻的提議拋諸腦後，起身打開櫥櫃，取出筆硯，迅速磨好了墨。接著在蓮花瓣形狀的紙上寫下「序寧」兩字，再將首飾放在紙上。招魂並不見得一定要有亡者的遺物，但有遺物會省事得多。她從頭髮上摘下牡丹花，朝著花輕吹一口氣。

牡丹花花瓣化成了淡紅色輕煙，形狀緩緩改變，繞著首飾及紙張不斷盤旋。不一會兒，首飾及紙張也開始變形，二者逐漸融為一體。

壽雪將手伸入了煙霧之中，手掌感覺到不屬於此世的一絲涼意。她的手指以彷彿攪拌著煙霧的動作，摸索著魂魄的下落。

然而她馬上就察覺了不對勁，即刻停下手指的動作，仔細凝視著煙霧內部。

此時手指完全感覺不到可以招來的魂魄，且環繞在手掌周圍的霧氣依然呈現渾沌狀態，沒有凝聚成任何形狀。

——這種情況就跟當初呼喚花娘的情人一模一樣。

壽雪縮回手掌，朝著煙霧吹了口氣。隨著煙氣逐漸飄散，首飾也變回了原本的形狀。

「……卻是何故？」

序寧的魂魄並不在極樂淨土，因此無法招魂。

無法招魂只會有兩種理由。一是受招者依然在世，二是受招者的魂魄處於無法招來的狀態。前朝中葉的人，當然不可能直到現在還活著。序寧的魂魄無法現身，理由必定是後者。

壽雪不禁皺起了眉頭。

——當初花娘情人的魂魄，是因為被欒冰月以巫術封入了壺內，所以才無法回應她。

這麼說來，序寧的魂魄難道也是被人限制住了行動，所以無法招來？倘若真是如此，根本無從追查起。

既然無法招魂，這條線索就等於是斷了。

壽雪皺著眉頭，將雙手交叉在胸前，沉吟了起來。這條線索承蒙了花娘及千里鼎力相助，實在不想輕易放棄。有沒有什麼辦法可以突破眼前的困境？有沒有什麼辦法……

沉思了一會兒，她忽然發出一聲輕呼，如跳一般站了起來。

隔天早上，壽雪寫了一封信給之季。原本以為至少要數天才能得知結果，沒想到當天傍晚就收到了回信，令她頗為詫異。

「娘娘，看來您相當倚重那個令狐之季呢。」

壽雪聽九九這麼說，無奈地回答道：

「非也，吾不知尚有何人能為吾查得公文。」

「一般來說，我們就稱這種情況叫做倚重。」

「吾不知汝所指何事。」

壽雪不悅地轉頭攤開書信。之季確實是個很值得信任的人，每次請他幫忙，都能不負所託。而且他腦筋動得快，遇到問題懂得見機行事，高峻對他也相當器重。

壽雪讀了之季的來信，果然他已查到自己所委託之事，心中對他的佩服更是增加了三分。為什麼速度可以這麼快？壽雪不禁感到有些納悶。然而之季在信中竟也對這一點做出了解釋。他說上次也查過類似的事，所以這次做起來已是駕輕就熟。壽雪心想，所謂「類似的事」，指的應該是不久前洪濤院有幽鬼出沒，因此委託他調查含冤而死的經生吧。

這和壽雪此次委託之季之事，確實有幾分相似。這次調查的內容是「欒朝中葉時期，是否有巫術師遭到處死」。

當初封一行在描述烏妃序寧的事蹟時，針對企圖協助序寧破除結界的巫術師，只是簡單說了一句「遭到了殺害」。壽雪心想，所謂的「殺害」，應該是遭到了處決吧。

畢竟是可以自由進出後宮的宮廷巫術師，就算要殺，總不能毫無名目。就算只是小小的經生，在處死之前也得先羅織一個罪名。

既然有罪名，就表示一定留下了紀錄。既然有紀錄，就一定查得到姓名。有姓名，就能夠招魂。

該時期僅有一名巫術師遭處死。罪名是與妃嬪通姦，遭斬首後暴屍於市。不過放眼整個前朝，因與妃嬪或宮女通姦而遭處死的巫術師並不少，稱不上是什麼罕見的案例。畢竟巫術師可以自由進出後宮，偶爾會出現這種情況也在所難免。

巫術師並非宦官，卻可以自由進出後宮。之季對欒朝的這種制度抱持著質疑的態度。

該巫術師名為五生。

壽雪於是取出了筆硯。

壽雪吩咐九九退下後，獨自待在房間裡，這次十分順利便招出了五生的魂魄。她將手伸進微微搖曳的淡紅色煙霧中，將魂魄輕輕牽了過來。

閉上眼睛，可以感覺到那彷彿纏繞在手指上的絲線越來越沉重。煙霧觸手冰涼，從原本渾沌的狀態逐漸凝聚成形。

——來了。

壽雪謹慎小心地以指尖觸摸那物體，接著輕輕將其握住。那是一隻冰冷的手掌。五指修長，但節骨突出的年輕男人手掌。

一名青年自煙霧中緩緩現身。青年緊閉著雙眼，身上穿著白中帶青的長袍。在古代的杼朝，白色曾是貴色。即使到了現代，巫女、算命師之流亦多著白裝，其根源或許就是傳說中的鼇神信仰。

「五生。」

壽雪呼喚對方的名字，青年睜開雙眼。青年相貌俊雅，有著一雙清新秀麗的雙眸。

「汝可知吾是誰？」

剛開始的時候，五生的眼神尚有些渙散，宛如剛睡醒一般。但是頃刻之後，他陡然瞪大了雙眸。

「烏……烏妃娘娘？」

「然也，吾乃烏妃。汝便是巫術師五生？」

臉色蒼白的青年點了點頭。

「您……招了小人的魂？」

「然也。」

五生不愧是巫術師，馬上就理解了狀況。

「吾聞汝與烏妃序寧圖謀破除香薔結界，失敗而遭斬刑，此事可為真？」

五生凝視著壽雪，彷彿在咀嚼著她的話中深意。

半晌之後，五生緩緩搖頭。

——咦？

「難道並無此事？」

「在外人的眼裡，或許確實是這樣沒錯……但其實是小人罪大滔天。」

五生沮喪地說道。

「何言罪大滔天？」

「小人……背叛了序寧娘娘。」

五生垂下了頭。

「背叛？」

「事情的肇始，是序寧娘娘告訴小人，她想要離開宮城。當時序寧娘娘已經瘦得不成人形，令人目不忍睹……為什麼要選擇序寧娘娘這樣的纖弱少女擔任烏妃？為什麼她必須承受這麼大的痛苦？小人對此一直無法釋懷。」

「因序寧幼時喪母，自小曾受繼母欺凌？」

「沒錯……序寧娘娘剛來到夜明宮的時候，尚未釐清狀況，只是慶幸終於可以遠離繼母……沒想到……」

五生的臉上閃過了一層陰霾。繼任烏妃之後的第一個新月之夜，序寧的理性徹底崩潰。

「序寧娘娘甚至曾經哭著求小人殺了她……小人實在是於心不忍，只能盡量陪在娘娘身邊，為她加油打氣。但序寧娘娘終究承受不了折磨，決定要打破結界逃走。」

「序寧欲往京城，尋找烏之半身？」壽雪問道。

五生低頭不語。烏的半身沉於海中，這件事應該是祕密才對。巫術師絕對不能把這件事告訴烏妃，是因為擔心烏妃產生前往尋找的念頭。

「小人……忍不住說了出來。小人告訴序寧娘娘，如果能夠找到烏的半身，或許就能從折磨中解脫……序寧娘娘聽了小人的話，竟說她『知道烏的半身在哪裡』。」

「咦？」

壽雪瞪大了雙眼，將身體湊上前，問道：

「此話當真？序寧知烏半身沉於海中何處？」

「序寧娘娘自己也不是很肯定，但她似乎知道些什麼……她沒有對小人說出詳情，所以小人也不清楚。」

壽雪驀然感覺到全身發麻。序寧一定知道某些事！但到底是什麼事？她又從何得知？

——如果能夠招來序寧之魂，就能問清真相了。

「序寧娘娘央求小人幫助她破除結界。但這需要三名巫術師才能辦得到，序寧娘娘求小人想想辦法……當時小人實在不知道該怎麼辦才好。雖然小人很同情序寧娘娘，但小人可不敢幫助她逃走。就算能夠逃出宮城，也會馬上被抓回來。序寧娘娘是烏妃，或許不會遭到處刑，但小人肯定是會被砍頭的。事實證明這份擔憂並沒有錯，小人果然被砍頭了。」

五生的嘴角微微抽搐，勉強擠出了一抹笑容。

「然而序寧娘娘堅持一定要逃走，說什麼也不肯放棄。於是小人想出了一個辦法，自以為可以讓她打消逃走的念頭。小人找來了小人的師父幫忙，口頭上說要幫她破除結界，但其實只是裝裝樣子而已。」

「然則……」

「沒錯，實際上小人跟師父什麼也沒做。只要結界沒有破，就可以告訴序寧娘娘，以我們的能力並沒有辦法破除結界。小人以為這麼一來，序寧娘娘一定會放棄。沒想到……娘娘雖然放棄了，但也絕望了。」

五生的臉孔變得比剛剛更加蒼白，雙眸也變得空洞無神。

「我們讓序寧娘娘穿上巫術師的服裝，假裝要進行驅邪除穢的儀式，騙過宮門守衛的耳目，離開了後宮，在城門前裝模作樣一番。序寧娘娘以為我們假裝要進行驅邪除穢的儀式，其實是要施展破除結界之術……但實際上小人跟師父什麼也沒有做，從頭到尾只是裝裝樣子罷了。而只憑序寧娘娘一人的力量，當然沒有辦法破除結界。於是小人告訴娘娘，以我們的能力沒有辦法做到。序寧娘娘聽了之後，簡直像失了魂一樣，接著她突然大叫一聲，朝著城門口奔去。事情發生得太突然，小人根本來不及阻止。序寧娘娘才出城門，忽然就撲地倒下，再也不動了。她竟然就這麼斷了氣，而小人卻連發生了什麼事也不明白。小人記得，序寧娘娘過世時的表情相當安詳，彷彿終於從痛苦中獲得了解脫……但是事情當然沒有因為序寧娘娘的死而結束。當初小人如果沒有將半身的祕密洩露給娘娘，如果沒有假裝要破除結界，娘娘也不會丟掉性命。後來小人遭緝拿問罪，以私通妃嬪的罪名遭到處刑。」

五生的視線在空中游移，最後落在壽雪的身上。

「但小人不禁產生了一種想法……或許小人已經實現了序寧娘娘的心願。因為娘娘曾經希望小人殺了她……就算她繼續活下去，最後也會身心衰竭而死。早點死跟晚點死，哪一邊才是較好的結果？直到腦袋被砍下的那一刻為止，小人一直在思考著這個問題。當然小人知道自己的做法終究是錯的……」

壽雪張開了雙唇，卻不知道該說什麼才好，只得又將雙唇闔上。五生的所作所為，說穿了只是不負責任地給予序寧一個虛妄的希望，最後又將她推入絕望的深淵。然而壽雪並不打算為此譴責五生。

「五生……」

壽雪換了個問題：「序寧之魂招之不來，汝可知是何緣故？」

五生歪著頭說道：

「小人並不清楚……照理來說，只要魂魄沒有消滅，應該是招之即來才對。」

壽雪心中一凜。消滅……為什麼自己沒有想到這個可能性？

幽鬼如果遭到驅除，而非送往極樂淨土，就會徹底消失。不管是巫術師還是烏妃，都盡可能不做這麼殘忍的事情。

「……序寧首飾尚在夜明宮內，並未隨她入葬，汝可知是何緣故？」

「噢，那是小人拜託師父這麼做的。」

「是汝所為？」

「小人告訴師父，企圖打破結界的罪就讓小人與序寧娘娘來扛，不會連累到他，但交換條件就是他要設法將這首飾留在夜明宮內。」

「此舉是何用意……？」

「小人覺得序寧娘娘什麼都沒有留下，實在是太可憐了。烏妃的姓名是不會留下紀錄的，因此後世的人不會知道曾經有序寧娘娘這個人，也不會知道她吃了多少苦。這對序寧娘娘實在是太殘酷了……如果能夠留下娘娘最珍惜的首飾，讓後世的烏妃代代流傳下去，至少能夠證明序寧娘娘曾經存在過……」

五生說到這裡，難過地垂下了頭，接著說道：「小人知道就算這麼做，也沒有辦法彌補小人的罪愆。」

「……若無此首飾，吾必不知序寧其人。」

五生聽壽雪這麼說，抬起了頭，臉上五官扭曲，不知是在哭還是在笑。

「令汝憶起傷心往事，吾之過也。幸得汝之言，於吾大有助益。」

「請娘娘別這麼說，能有機會把這番話告訴烏妃娘娘，是小人的福氣……」

五生在壽雪的面前跪了下來，對著她拱手說道。壽雪在輕觸五生手掌的同時，輕吹一口氣。淡紅色的煙霧慢慢化開，向四周飄散而去，五生的身影也跟著消失無蹤。

壽雪仍是愣愣地站著不動，心中感慨萬千，凝視著五生消失之處。

在千里所管轄的冬官府內，放下郎們在中庭的陰涼處鋪了一張張草蓆，正在曬著絲綿。近來寒意日增，為了抵禦即將颳起的刺骨冬風，必須拆開衣服的夾層，塞入絲綿。所謂的絲棉，是將蠶繭煮過後打薄拉撐製成，衣服裡塞了這個東西，穿起來就會暖和得多。千里向來體弱多病，一旦頸背稍受風寒，往往就會發燒，因此衣物內更是必須塞入一層層的絲棉。以絲棉將骨瘦如柴的身體緊緊包裹住，是千里在寒冬中的生存之道。

千里瞇起了雙眼，看著曬在窗外的一團團絲棉，心裡想著時間過得真快，又到了這樣的季節。去年冬天，魚泳尚未辭世，當時魚泳苦著一張臉咕噥著「骨頭都要凍僵了」的畫面，至今依然歷歷在目，更增添了無盡的寂寥與蕭瑟。

「千里大人。」

千里聽見封一行的呼喚，回過了頭來。冬官府的室內，千里與封一行正在整理著魚泳生前所蒐集的各地傳說軼事。

「果然這個要素在界島一帶相當常見。」

千里受壽雪委託，調查界島古老傳說時，偶然發現了一個相當耐人尋味的要素。

——海底火山……

千里當然也只是在書中讀到過，並不曾親眼目睹。海底竟然會有噴出火焰的山脈，實在是太不可思議了。而海底火山會冒出氣泡，當然也是來自書中的知識。因為原本就具備這樣的知識，所以當千里讀到繼母虐待女兒的傳說故事時，馬上就聯想到了海底火山。

——這個故事的情節，影射了海底火山的活動。

流傳在界島一帶的其他傳說故事，是否也有著類似的影射橋段？千里突然萌生了這樣的想法。一查之下，果然在其他傳說故事裡也發現了類似情節。

千里如此在意這個環節，是因為「火山」是一個相當重要的關鍵詞。烏漣娘娘與鼇神交戰時，據說正是因伊喀菲島的火山突然噴發，才導致整座島嶼沉沒。

倘若兩位神明的交戰，能夠對火山造成那麼大的影響，那麼烏漣娘娘的半身沉入海中，應該也對環境造成了某種程度的影響。當山川、海湖或天候發生異常巨變，有時會以某種形式被記錄在傳說之中。

界島附近的海域是東海，而東海正是半身的可能沉沒地點。千里想通了此節，隱隱感覺到或許自己已經掌握到關鍵線索。他知道自己並沒有敏銳的直覺，因此從來不仰賴直覺這種東西。千里的所有推敲與猜測，皆來自於長年累積的知識。

在封一行的幫忙之下，千里開始清查所有流傳在界島一帶的傳說軼事。範圍除了界島本身之外，還涵蓋了界島對岸的沿岸地區。

最後兩人從大量的傳說中得到了一個結論，那就是界島北方海域似乎有海底火山。例如有些傳說描述北方海底有一枚會冒出氣泡的巨大扇貝，還有一些傳說描述明明沒有暴風雨，船隻卻會在北方海域憑空消失。

「請看看這一段……海水突然往上噴發，直達天際……」

千里將身體湊了過去，正要詳讀封一行所指的段落，忽見放下郎走了進來。

「冬官大人，烏妃娘娘有書信送達。」

這次又是什麼事？千里帶著滿心的狐疑，攤開了壽雪的來信。

——前烏妃序寧似乎知道烏之半身的下落。

信中寫著巫術師五生對壽雪傳達的訊息。

千里心想，果然不出自己所料。

序寧從小在界島長大，必定曾經聽過流傳在界島的海底火山傳說。她察覺那與烏之半身有關，也是合情合理的事情。

千里將壽雪的來信交給了封一行。當封一行讀著信的時候，千里轉頭望向了桌上那些堆積如山的紙張。那些全部都是由魚泳親筆記錄下的傳承事蹟。魚泳的筆跡有如行雲流水，而且帶著一股獨特的韻味，不禁令千里再度懷念起了故人。

既然這些傳說都是由魚泳親筆抄下，千里費盡千辛萬苦才找到的線索，魚泳生前必定了然於胸。然而魚泳在辭世之前，並沒有給予千里任何的提示。從這一點，便可看出魚泳對壽雪抱持著相當複雜的心情。魚泳真正想拯救的對象並非壽雪，而是前代烏妃麗娘。

——但是……魚泳大人，我想要拯救那少女。

盡可能幫助烏妃，是冬官的職責所在。何況壽雪還只是個稚嫩少女，更是讓千里無法見死不救。

千里心想，魚泳的內心深處應該也隱約有著想要幫助壽雪的念頭才對。否則的話，魚泳不會留下他畢生的心血結晶。他大可以在離去前，把這些東西全部銷毀。

魚泳大人，我猜得沒錯吧？千里看著魚泳的文字，在心中問道。

京師的東方郊外，有一片起伏平緩的丘陵地帶，一條小河自坡下流過。不難想像每年到了夏天，河邊必定是一片綠意盎然的景象，然而此時放眼望去盡是枯草。白雷一邊將及膝的枯草踢開，一邊往前走，每走個幾步，就會轉頭往身後瞥上一眼。隱娘緊跟在白雷的身後，一雙眼珠滴溜轉動，不時左顧右盼。這一帶放眼望去只能看見草木及天空，真不曉得到底是什麼事物吸引了她的注意力。

驀然間，隱娘停下腳步，指著右手邊說道：

「有東西。」

白雷沿著她所指的方向望去，看見一隻茶褐色的野兔，正仰起了頭來。

「那是野兔。」

「噢……」

「想吃嗎？」

「咦？」

隱娘睜大了一雙妙目，茫然仰望著白雷。白雷很少看她露出這般反應，心中不禁莞爾。

「那個……能吃嗎？」

「市場上不是常有人賣嗎？妳應該也曾看過吊掛起來的兔肉吧？」

隱娘眨了眨眼睛，露出一臉納悶的表情。她似乎無法將市場裡販賣的兔肉與活生生的兔子聯想在一起。

白雷不再說話，再度往前邁步。一走到河岸邊，登時感覺到一陣冷風迎面拂來。由於這陣子不曾下過大雨，河水相當清澈，並沒有夾帶來自上游的泥沙。隱娘蹲了下來，將手掌伸入河水之中。

「好冰。」隱娘喊道。

白雷心想，這個季節的河水自然是冰的。

隱娘雖連連喊冰，卻一直將手掌浸泡在水裡，並沒有抽出來。她的雙眼並沒有看著自己的手掌，也沒有看著河面上的任何景物，而是眼神空洞地對著半空中。

直到來自河面的冷風讓身體徹底感到了涼意，隱娘才終於將手掌抽出水面。那手掌已然凍得泛紅。

白雷從懷裡取出一條手巾，為隱娘擦了擦手。隱娘的指尖已經有如雪一般冰涼，白雷不禁皺起眉頭，以手巾在她的手掌上輕搓，那手掌才逐漸有了暖意。

——夏天也就罷了，冬天可不適合這麼做。

「妳一定要把手放進水裡，才能聽得見聲音嗎？在海邊的時候，妳不是用貝殼聽過？」

「貝殼也可以，但是聲音太小了，聽不清楚。」

隱娘的手掌不斷重複著一張一握，漸漸變得越來越溫暖。

「你想要我聽，不是嗎？」隱娘接著說道。

白雷聽到隱娘這麼說，一時不知該說什麼才好。

當初確實是白雷要求隱娘傾聽鼇神的聲音。向隱娘的父母買下隱娘時，白雷曾直截了當地告訴她：「從今以後，傾聽就是妳的工作。」

白雷沒有回答隱娘的問題，只是問道：「鼇神說了什麼？」

問出這句話的同時，白雷心中驀然有股奇妙的感覺。剛剛隱娘說的是「你想要我聽」，而不是「你命令我聽」。藉由這兩句話的差異，白雷推敲著隱娘心中的感受。

「祂說……」

由隱娘所轉述的神明話語，令白雷倒抽了一口涼氣。

破界

壽雪幾乎每天都會想起麗娘。尤其是最近這陣子，麗娘說過的話語，不時在壽雪的耳畔迴盪。

——烏妃當一無所求。

——烏妃當孑然一身，夜明宮內不得置侍女宦官。

每當麗娘以嚴厲的口吻如此告誡壽雪時，凝視她的雙眸必定帶著一抹悲傷。

麗娘是個很少露出笑容的人。不管心中有再多的悲愴與苦楚，她幾乎不曾在壽雪的面前流露。剛開始的時候，每到新月之夜，麗娘總是會吩咐壽雪不得靠近。但不知從什麼時候開始，在麗娘承受著痛苦煎熬時，壽雪會陪伴在她的身邊，握著她的手，在她的背上輕撫。

身形削瘦的麗娘，如何能夠擁有如此強大的耐力？她為何能夠承受每個新月之夜的折磨，長達數十年的歲月，直到成為佝僂老者？自從嘗到了新月之夜的痛楚之後，壽雪每每回想起自己過去從不知道麗娘長年忍受著這樣的煎熬，便感覺到胸中刺痛不已。那疼痛的強烈程度，幾乎到了讓人發狂的程度，讓人忍不住想要大聲嘶吼，在地上翻滾掙扎。但麗娘只是在床上蜷曲著身體，不斷重複著急促的呼吸，安安靜靜地強自忍耐。

如今壽雪每當躺在床上，總是會想起麗娘為自己搓揉手掌的那段時光。為了讓她能夠安詳地入睡，不受惡夢滋擾，麗娘總是默默以她那宛如枯枝卻又充滿皺紋的手指，輕揉著壽雪的手掌，帶給她一陣又一陣的溫暖。

如今麗娘終於從新月之夜的痛苦中解放，安眠於極樂淨土。

這是唯一值得慶幸的事。

✿

高峻派來的使者到達夜明宮時，壽雪正在和溫螢下棋。淡海站在壽雪的身旁不停嘀咕，一下說「怎麼會下在那種地方」，一下又說「這一著下得真糟」，正讓她感到心情煩悶。

「大……大家的旨意，請娘娘速至冬官府！」

那宦官不僅大汗淋漓，而且一句話說得上氣不接下氣。看來這件事當真非常緊急。

「大家還吩咐……請娘娘帶上兩名護衛。」

溫螢與淡海不由得面面相覷。

「看來出大事了。」淡海嘴裡咕噥。

壽雪對那使者慰勞了兩句，吩咐了九九帶使者下去休息，接著便依照高峻的指示，帶著溫螢及淡海離開了夜明宮。到底是什麼事情如此緊急，而且還必須帶上兩名侍衛？壽雪不由得暗自心驚。

一到冬官府，壽雪便感覺到氣氛異常凝重，就連在前引路的放下郎，臉上的神情也有些緊張。她正摸不著頭腦，便又看見一間房間的門前站了兩名武官。那兩人擋住了房門口，臉上各自帶著睥睨四方的威儀，儼然有著一夫當關、萬夫莫開的氣勢，與冬官府的氛圍可說是格格不入。壽雪心想，這兩人應該是高峻的貼身護衛吧。兩人朝著壽雪作了一揖，轉身推開門扉。

自窗外透入的微弱陽光，照亮了整個房間。在那片白光之中，可看見高峻就坐在房內。衛青靜靜地站在高峻的背後，彷彿在守護著主人的背部。衛青的另一邊，還站著封一行。除此之外，還有一個男人跪在高峻的面前。那男人轉頭望向壽雪。只見那人面色冷峻，臉上以一塊白布蓋住了左眼，那人正是白雷。

——果然。

壽雪早有預感是這個人來了。

壽雪緩步前行，接著衣角一翻，站在白雷的面前。

白雷目不轉睛地凝視著壽雪的每個步伐，從頭到尾都沒有移開視線。兩人就這麼互相注視著對方。

「汝急喚吾來，便是為此？」

壽雪詢問高峻，視線依然對準了白雷。

「沒錯。」

高峻淡淡地說道。

「所為何事？」

「他說要協助我們。」

壽雪瞇起了雙眼，眼神凌厲地凝視著白雷，嘗試看穿他的心中意圖。

「年幼巫女今在何處？」

壽雪這個問題原本是對著白雷提出，高峻卻代為答道：

「在另外一個房間，由千里照顧著。」

名義上是照顧，說穿了就是當成人質吧……她心裡正這麼想，沒想到高峻接下來卻說出驚人之語。

「那小女孩才剛來到這裡，就睡著了。」

壽雪不禁心想，這小丫頭可真是大膽，在皇帝的面前竟也敢如此不敬。當然就對皇帝失禮這點而言，壽雪自己也是不遑多讓。

「……她說自從她開始聽見鼇神的聲音之後，就經常覺得很睏。」

白雷低聲說道：

「她隨時隨地都可以躺下來睡覺，想來聆聽鼇神的聲音會奪走她相當多的體力。」

或許這可以說是巫覡的特質吧。受神靈依附時，內在的精力會大量流失。

「烏妃，妳在信中對我保證，只要我幫助妳，妳也會幫助我。」

白雷以一隻眼睛仰頭瞪著壽雪說道：

「只要妳能夠信守承諾，我也可以立下誓言，將協助妳破除結界。」

壽雪凝視著白雷說道：

「吾絕不食言。」

「……好，那就這麼說定了。」

白雷俯首說道。

壽雪心想，此人既然主動找上門來，當然是早已打算要提供協助。但是白雷的態度轉變得如此之快，不禁令她擔心其中有詐。難道他真的與那名叫隱娘的小女孩已有了感情，所以願意為了她而低頭妥協？是否真是如此不得而知，但當初自己正是抱著這樣的盤算，才會提出互相幫助的交換條件。

「白雷這陣子就待在冬官府吧。封一行跟千里都在這裡，另外朕會在外頭加派護衛。」高峻說道。

「幼女亦置於此？」壽雪問道。

高峻沒有應答，似乎有些拿不定主意。壽雪心想，高峻多半不想讓白雷和隱娘待在同一個地方。但是要將小女孩安置在哪裡，他還想不到什麼好主意。

「可先置於夜明宮。」

「不……」

高峻看著地板，思索了片刻後，只簡單說道：

「朕另有打算。」

大概是不想讓白雷知道吧。

高峻接著轉頭問封一行：

「朕對術法一無所知……當在何日破除結界？」

「隨時都可以。明天就動手，亦無不可。」

封一行回答了這句話之後，看了看壽雪，又看了看白雷。有些巫術需要特殊的異草奇獸作為道具，但破除結界之術似乎什麼也不需要，只要施術者的體力及精力能夠負荷就可以進行。壽雪點了點頭，白雷也點了點頭。

然而高峻卻說道：

「不，給朕三天的準備時間吧……朕這邊也有一些事情要安排。何況要在城內進行儀式，也得先知會各處。」

「此有何難？但言城門消災除穢即可。」

「要進行消災除穢的儀式，也得有個名目。而且還不能與過去的紀錄有所矛盾。」

壽雪不禁心想，原來皇帝也不是想做什麼就可以做什麼。雖然權力極大，但不管做什麼都需要有一套冠冕堂皇的理由。當皇帝絕對不是一件輕鬆的事情。

「朕安排好了，會再通知你們。」

高峻說了這句話，便起身想要離去。

此時白雷卻喊了一聲「陛下」。高峻於是停下腳步。只聽得白雷接著說道：

「請恕小人僭越，小人想要告知一占卜結果。」

「占卜……你做的占卜嗎？」

「信或不信，陛下可自行裁決，小人僅告知而已。」

站在高峻背後的衛青聽白雷這句話說得無禮，惡狠狠地瞪了他一眼。

高峻淡淡地說道：「說吧。」

「陛下的身邊之人，是否有兄弟姊妹？很可能是兄長及妹妹……」

「沙那賣家確實有兄妹，你也是認識的。」

不管是兄妹還是姊弟，都是相當常見的親屬關係，任何人身邊都可以輕易找到這樣的組合。煞有介事說出一些其實可以套用在任何人身上的事，是假占卜師用來騙人的常套手段。

白雷聽了高峻的回答，以略帶無奈的口吻說道：

「陛下可別誤會小人有誆騙之意。小人便有再大的膽子，也不敢在陛下的面前裝神弄鬼……根據小人的占卜結果，這兄妹之中的女方將會遭遇危難，就算沒有送命，下場恐怕也與送命無異。請陛下務必謹慎小心。」

壽雪不禁皺起了眉頭。言下之意，是晚霞將遭遇巨大的災厄？儘管高峻的神情絲毫沒有改變，但衛青的臉上卻已微微變了色。

「你這占卜結果，應該告訴沙那賣家的兄長。」

高峻說道。

「那兄妹對我厭惡至極，絕對不會聽勸的。」

白雷泰然自若地說道：

「何況這占卜的結果，並不見得一定應在鶴妃娘娘的身上。」

「如果不是鶴妃，那就是前一任的鵲妃了。你的占卜晚了一步，她已經死了。」

高峻的口氣雖然平淡，卻帶了幾分冰冷與陰鬱，顯然對白雷有相當大的戒心。然而白雷卻依然是一副氣定神閒的表情，似乎已經相當習慣於遭到他人的厭惡。

「你身邊的那名小女孩，朕會派人好好照顧，你不用擔心。等事情辦完之後，朕就會讓她回到你的身邊。」

高峻話說得親切，實則擺明將隱娘當成了人質。白雷這才皺起眉頭，顯得有些不滿。隨即高峻便帶著衛青走了出去。而壽雪凝視著白雷的臉，忽地想起一件事。

——對了，烏也是梟的妹妹……

白雷的占卜所指的到底是哪一對兄妹，實在難以判斷。

「模稜兩可的占卜，反而容易招致災厄。」

封一行以嚴厲的口吻說道：

「就算真的占卜出這樣的結果，不如別說。」

白雷哼笑一聲，說道：

「只會躲躲藏藏的老賊，還敢對我說教？我原本也不想把這個占卜結果說出來，要是惹得皇帝不開心，搞不好還會被砍頭。但沙那賣家是我的重要搖錢樹，倘若這占卜真的會應在鶴妃身上，我可不能不說。」

「此占是否應於鶴妃，汝當真不知？」

壽雪問道。

「剛剛不是已經說了嗎？」白雷對壽雪連看也不看一眼，冷冷地說道：「我可不是沒來由地刻意占卜這種事情，是風帶來了消息。」

「風……」

「這是一種異國的占卜之術，稱作觀風。後來我又改變占法，連占了好幾次，還是占不出確切的結果。」

——該不該給晚霞一些護符呢？不，還是暫時別輕舉妄動吧……

壽雪暗自沉吟著。

白雷不再理會，轉頭對封一行問道：「你們打算以何策略破除結界？」

「結界使用的是『補綴』之術，所以要分別在三個位置，各自破界。」

「結界使用何物為『詛戶』？」

「……初代烏妃的手指。」

白雷皺眉說道：「看來初代烏妃是個偏激的狂人。」

「顯然她對這結界有著很大的執著。」

封一行也鐵青著臉說道。

「城門共有九處，要如何分配？」

「最重要的門，是位於西北方的小門旮旯門。以此門為中心，以西為西扆門，以北為朔老門。這三門由烏妃娘娘負責……」

封一行從懷裡掏出一張紙，在兩人面前攤開。紙上寫著門的位置及名稱。

宮城共有九座城門，分別為南側三門、北側一門、西側三門、東側兩門。

旮旯門位在宮城西側邊角處，鄰近禁苑及官衙。西扆門為往西突出的大門，朔老門則為北側的大門。封一行由西向北指著各門，向兩人解釋。

接著封一行又指著東側至南側的各門，說道：

「白雷，你負責東側的夙浪門、東扆門及南側的月滔門。」

東側的門有兩座，位於東北角的小門是夙浪門，往東突出的大門是東扆門。南側包含正門在內共有三座門，白雷負責的是位於南側東邊角落的小門月滔門。

「南側的正門紓禍門、小門月噬門、西南方的昃昏門由老夫負責。」

宮城的正門名為紓禍門，取自紓除災禍之意，是一座宛如豪華殿舍的氣派大門建築。南側的西邊角落小門為月噬門，西側的南邊角落則有昃昏門。封一行的手指一一指過南側至西側的諸門。

白雷看著城門方位圖，輕撫著下巴說道：

「我原本以為最重要的門應該會是南側或北側的大門……」

「初代烏妃為何如此安排，老夫也不明白。」

封一行無奈地嘆了口氣。這句話可說是切中了問題的核心。正因為不明白，所以無法預測這麼做會造成什麼樣的結果。

「不過是個乳臭未乾的小丫頭所施之術，破解起來竟然這麼麻煩。」

白雷以嘲笑的口吻說道。

封一行露出狐疑的眼神，說道：

「初代烏妃確實在很年輕的時候就布下這個結界，在這不久後就過世了……但你怎麼會知道這一點？」

「這丫頭也是烏妃。我看著她，總覺得所有的烏妃都是這副德性。」

白雷朝壽雪的方向抬了抬下巴。壽雪聽他稱自己為丫頭，心中有些惱怒。

「施術的要點，我已經明白了。如果你們沒有其他要問的話，麻煩帶我到我的房間。」

封一行面帶慍色，不再對白雷開口說話，倒是對壽雪恭敬地作了一揖，說了一句「烏妃娘娘，老夫先告退了」，接著走向門口。

壽雪見兩人走了出去，於是也跟著走向門口。溫螢與淡海都守在門邊。溫螢的表情沒有任何變化，淡海卻是一副欲言又止的樣子。壽雪朝淡海瞥了一眼，決定先離開再說。

三人走出了冬官府，淡海再也按捺不住，開口說道：

「娘娘，初代烏妃的結界是什麼東西？你們為什麼要打破那玩意兒？」

「淡海……」

溫螢正要斥責，壽雪卻先說了一句「無妨」。如果可以的話，她也實在不想讓他們蹚這個渾水。但是到了這個地步，再瞞下去也沒有意義。

「初代烏妃曾於宮城之門設一結界，囚烏妃於宮城之內，一出城門必死。何故囚烏妃於宮城之內？實欲困烏漣娘娘於烏妃體內。烏漣娘娘僅為半身，另有半身沉於東海某處。吾欲尋此半身，令烏漣娘娘離開吾身。欲往東海，當先破宮城結界。」

壽雪簡單扼要地說明了大致的狀況。淡海聽得目瞪口呆，似乎一時之間無法理解。溫螢則早已明白大致的狀況，只是尚知道過多細節。此時他聽了壽雪的說明，表情相當嚴肅，一句話也沒有說。

「等等，我還是不明白……把烏漣娘娘困在烏妃體內？為什麼要做這種事？」

淡海的領悟力已經算是相當不錯，才會問出這樣的問題。但壽雪並沒有回答。剛剛說出口的那番話，已經是目前打算告訴他的一切。至於烏妃其實是冬王，為了維持國家安定而被藏於後宮，以及烏漣娘娘的力量越來越弱，難以維持現狀，乃至於自己是欒朝皇族後裔等等，她並不打算說出這些祕密。

「……雖然我聽得似懂非懂，但總而言之，我們現在的目標就是破除初代烏妃設下的結界，對吧？」

淡海似乎看出壽雪不願意進一步解釋，因此得出了這樣的結論。

「然也。」

淡海嘆了一口氣，說道：

「我明白了，那就這樣吧。」他頓了一下，接著又說道：「我可先說好，我要跟著娘娘一起去。」

「咦？」

「娘娘將來打算要出城，尋找神明的半身，對吧？我也要一起去。」

壽雪目不轉睛地看著淡海。

——原來如此……將來自己如果要離開宮城，只有兩種選擇，一是與他們訣別，二是把他們帶在身邊。過去自己一直沒有想到這個問題。

但是……他們是後宮裡的人，自己有可能把他們一起帶走嗎？

「娘娘，妳該不會打算把我們丟在這裡吧？」

「唔……能否順利破界，尚在未定之天。」

「結界破了也好，沒破也罷，反正我是跟定妳了，娘娘。」

破了也好，沒破也罷……壽雪在心中反芻著淡海這句話，不禁揚起了嘴角。

「汝此言正與溫螢同。」

「溫螢也說過一樣的話？」

淡海朝溫螢瞪了一眼，說道：「你這傢伙真是『惦惦吃三碗公』。」

溫螢面色如常，對淡海的話充耳不聞。

兩人都堅持要待在壽雪身邊的一言一語，都深深地沉澱在壽雪的內心深處，而且將永遠不會消失。

白雷被帶進了冬官府角落的房間裡，門外則站了兩名衛兵做看守。白雷不禁心想，他們提防得可真是徹底。

——自己絕對不可能逃走，他們根本不用擔心。

因為這是鼇神的命令。

白雷自槅扇窗望向外頭，看見了沐浴在陽光下的中庭。白色的陽光分外刺眼，令他忍不住別過了視線。相較之下，還是陰暗的室內讓自己感到安心。

當時在那河岸邊……神明透過隱娘之口，下達了神諭。雖是神諭，內容卻極為現實，一點也不莊嚴肅穆。

爾當為我破除香薔結界。

這就是鼇神的命令。

香薔即初代烏妃，將烏漣娘娘困於烏妃體內的始作俑者。

——為什麼要破除那個結界？

或許是鼇神看穿了白雷心中的疑問，祂接著說道：

彼女當歸於我。

「彼女」指的當然就是壽雪。

彼女繼杼血脈，當為我巫。

——杼？古代的杼朝……？

白雷知道杼朝是信奉鼇神的古代王朝，也知道壽雪是欒朝皇族倖存者，卻不知道欒氏是杼朝後裔。

神明能夠展現出多大的神力，取決於神明與巫覡之間的適性。以鼇神而言，祂似乎特別偏好杼朝的巫女。

杼女之血，與我最適。

白雷心想，難不成鼇神想把壽雪吃了？

香薔設結界，實可悲可嘆，何其愚也。彼女嘔心瀝血，鞠躬盡瘁，反為夏王所惡。

隱娘的口中發出了宛如嘆息的聲音。但白雷無法判斷神明的這聲嘆息是同情還是嘲笑。

爾破結界之際，我當趁機奪杼女。若此事得成，則烏可殺。我必殺烏，烏亦誓殺我。

區區烏妃結界，難道鼇神沒有能力破除？為何還要假手他人？鼇神解釋，祂當然能夠破除結界，但如果這麼做的話，會引起烏的戒心。說穿了，鼇神想發動一場突襲。

白雷透過隱娘聽著龍神的言語，不禁感慨神明並不見得聖潔無私。其心機與城府與凡人相比，可說是有過之而無不及。不管是欺瞞、折磨還是誆騙，都不會有半點遲疑，甚至可以形容為無所不用其極。祂們既不統治凡人，也不守護凡人，因此並不需要擁有像君主一般的賢達聖德。

乘人之危對祂們來說，當然也只是家常便飯。

若得杼女，我當不食此女。

龍神最後說出了這句話。過去龍神從不曾表明要以隱娘獻祭，如今卻說得好像是理所當然的事。

白雷答應了。於是他來到了宮城之內。

高峻讓隱娘穿上宦官服裝，將她帶至內廷，讓她住進了某宮殿裡，並派人嚴密看守。隱娘是個很少開口說話的小女孩，整天只是看著卷軸發呆。那些卷軸是千里所送，上頭畫著各種海中的魚貝類生物。千里很喜歡孩子，隱娘還在冬官府內時，千里不僅送了卷軸給她，還跟她說明了各種海中的生物。

「這孩子不如就讓微臣來照顧吧。」千里曾經這麼希望，但高峻認為讓隱娘與白雷生活在同一處的風險太高，因此還是將她帶走了。將隱娘交給做事面面俱到的衛青負責照顧，應該是不會有問題才對。

——白雷是真心想要協助我們嗎？

針對這一點，高峻的心中依然抱著一抹疑慮。正因為壽雪很少懷疑他人，更令高峻感到放心不下。這真的是正確的做法嗎？是否應該尋找其他的巫術師比較妥當？但如果沒有把握這次的機會，破除結界的日子恐怕遙遙無期……

如今有望破除結界，高峻卻反而感覺一顆心七上八下，心情同時交雜著焦躁與寂寥。千里還提到，他尋找烏的半身沉沒之處，已經有了眉目。

——壽雪或許快要得救了。

隨著目標一步步實現，這也意味著與壽雪分開的日子一步步逼近。

——雖然壽雪拒絕前往阿開……

但不管去不去阿開，總之壽雪將會離開宮城，前往一個安全的地方。不管那個地方是哪裡，都不會是在自己的身邊。

這麼做是為了拯救壽雪。這是高峻在歷經了緇衣娘娘騷動之後，在深思熟慮下做出的結論。既然決定要救她，就一定要實現。就算這意味著將與自己訣別，也絕不能有所動搖。

——那只是微不足道的小事。

高峻明明這麼告訴自己，胸口卻彷彿不斷有乾冷的寒風穿梭而過。風聲蕭蕭，宛如令樹木皆瑟瑟發抖的嚴冬之風。

「……青。」

高峻仰靠在榻的靠背上，忽然呼喚了衛青，彷彿想要甩開心中的思緒。

「取海螺來。」

高峻簡短地下了命令。衛青應了一聲，從櫥櫃裡取出大海螺，拿到高峻面前。這黑色的大海螺，是神明的使者，能夠傳遞梟的聲音。那聲音只有高峻才聽得見。

不，或許應該說曾經是。

衛青將大海螺放在桌上，底下墊了一塊錦布。然而大海螺沒有傳出任何聲響。高峻只要一有空閒，就會命衛青取出大海螺，嘗試聆聽梟的動靜。但最近這一陣子，大海螺一直維持著沉默，沒有辦法聽見梟的聲音。

——發生什麼事了嗎？

梟如今正被關在幽宮的大牢裡。因為祂違反禁忌，干涉了凡人的世界。由於聲音的傳遞會受浪潮影響，再加上梟身陷監牢之中，雙方能夠順利交談的機會本來就很有限，但至少偶爾還是能順利交談，如今卻是好一段日子得不到任何回應了。

高峻的心裡還有好多問題，想要向梟問個明白。關於破除結界的事情，關於烏的半身沉沒之處，關於鼇神……

高峻面對著寂靜的大海螺，心頭感覺到一股晦暗的不安感正在步步逼近。

✿

自從白雷出面答應提供協助之後，壽雪突然變得相當忙碌。

會見了白雷的隔天，壽雪又前往了冬官府，針對烏的半身沉沒地點，與千里交換意見。

高峻已派人告知，破除結界的行動將在四天後執行。對外的名目，是即將舉行一場祭祀門神的儀式。這是高峻與千里討論之後的決定，因為曆法並沒有詳細規定必須在什麼樣的日子祭祀何種門神。

順利破除結界之後，壽雪將會啟程前往尋找烏的半身。千里推測半身的沉沒地點，應該是在有著海底火山傳說的界島附近海域。當年界島出身的烏妃序寧，一定也有著相同的想法吧。如果她當年破除了結界，應該也會回到界島。

「微臣相信在界島一定能打聽到更加詳盡的細節，或是情節並不完全相同的傳說故事。只要在界島好好訪查一番，想必能找到一些新的線索。」

千里說道。

「如何尋覓半身？覓得後又當如何？吾等實一無所知……」

「如今我們不清楚的事情還太多，煩惱也是無濟於事，只能走一步算一步了。只要持續努力，最後一定會找到辦法。」

千里那沉穩的嗓音，化解了壽雪心中的不安。不知道為什麼，千里的聲音有著一種能夠讓人信服的魔力。或許是因為千里擁有淵博的知識，他說的每一句話必定有其根據，而非單純想要讓人安心的空泛之詞。

「既是如此，破界後當往界島？」

「是的，陛下也很清楚這一點，應該會做一些安排吧。雲家在界島有一些人脈，或許會請雲家提供協助。」

「不……」

壽雪心想，多半不是雲家，而是羊舌慈惠。接下來，慈惠想必將會成為重要的推手。尤其是在自己不再受烏束縛之後……

想到這裡，壽雪不禁陷入了沉思。

千里見壽雪默然不語，問道：「娘娘是否有什麼掛心之事？」

「……自烏解放後，吾將不復留於此地。」

壽雪忍不住呢喃說道。

「烏妃將成無用之物。」

不管壽雪是不是欒朝遺孤都一樣。一旦烏離開了，壽雪將不再受到需要，不再是為了夏王而必須存在的人物。

千里凝視著壽雪說道：

「不見得會是這樣的結果，我們只能一步步……」

壽雪不等千里說完，已搖了搖頭。千里應該並不知道她身上流著欒朝的血脈。

「吾必不得歸矣。」

因太陽受到雲層遮蔽之故，室內變得有些昏暗，寒意登時大增，就連身上的衣物也感覺又冰又重。

千里默不作聲，只是凝視著壽雪，顯得有些關心，又像是在摸索著壽雪的心思。

「該不該解放烏……您依然遲疑不決？」

「非也。」

壽雪笑著說道：

「此事既決，吾不疑也。」

千里臉上卻絲毫不帶笑意。

「既然如此，您在煩惱著什麼事？」

壽雪一時語塞，不知該如何回應。一想到必須離開宮城，甚至是離開霄國，便感覺心慌意亂，內心忐忑不安，卻不知該如何描述自己的心情。

千里將手放在壽雪的額頭上，說道：

「我們現在正在做的事情，即將顛覆過去的一切，您會感到不安也是很自然的事。但微臣建議您不必過於悲觀，暫時先把心思放在眼前。」

千里的手掌冰涼而枯瘦，與麗娘的手掌有幾分相似，令壽雪不由得想起了麗娘。

壽雪抬頭仰望千里。他的雙眸是如此慈和而溫柔，彷彿帶走了自己心頭所有不安。

「眼前……」

壽雪低聲重複了千里的話，半晌後輕輕點頭。

千里瞇起了雙眼，移開了手掌。

「身體是否感到不適？像上次新月之夜那樣的變化，是否又曾發生……？」

「並無異狀。」

「請適度休息，不要太勉強自己。」

壽雪淡淡一笑，說道：

「汝亦當保重。」

千里也笑了起來。

千里站在冬官府的門口，目送壽雪離去。然而當壽雪的身影一遠離，他臉上登時浮現了一抹憂色。

——真令人擔憂……

壽雪的情緒看起來相當不穩定。當然面臨這種關鍵時期，感到不安也是理所當然的事，但千里還是擔心事情沒那麼單純。

到底是什麼事情，令壽雪的心思如此紊亂？

只要能夠從烏的束縛中獲得解放，壽雪就不必待在宮城之內。變化雖然令人恐懼，但也應該會帶來幾分雀躍。畢竟這代表她距離自由已經不遠了。

然而從壽雪的神情中，千里感受不到一絲的希望與喜悅。一句「不復留於此地」，流露出的是徬徨與無助。

——難道她不想離開後宮？

關於後宮的生活，千里當然一無所知。但此時浮現在千里腦海中的，是壽雪與高峻和樂融融地下著棋的景象。

——是因為陛下嗎？

千里感覺到一股涼意在胸口擴散，臉上的憂色比剛剛更濃了三分。

魚泳生前屢次警告的話語，在千里的腦中不斷迴盪。壽雪與高峻的關係過於親近，一直是魚泳心中的隱憂。

——求則苦，若無力制之……便生妖魔……

花娘所派出的使者，來到了夜明宮。使者告訴壽雪，花娘想要舉辦一場餐會，慶祝黃英平安遷宮。花娘甚至連壽雪要穿的衣物都準備好了，讓使者一併送了過來。表面上的理由，是自從發生了緇衣娘娘騷動之後，後宮內便禁止穿著黑衣，花娘擔心壽雪沒有適合的衣物，因此特別送了一套過來。如此細膩的心思，確實很像花娘的作風。

花娘準備的是一件絳色❶的襦，以及一件蘇芳色❷的裙，兩者的布料皆織了蔓草與鳥的底紋。壽雪另外又披上了鮮紅色披風，並在肩上掛了薄紅色的披帛。

一到鵲巢宮，便看見黃英穿的是帶有金絲刺繡的山吹色❸襦裙，晚霞穿的是以銀泥繪著花鳥圖案的若綠色❹襦裙，花娘穿的則是織了銀絲的天藍色襦裙，每個人的色調皆不相同，應該是花娘刻意的安排。四人圍著桌子坐下，看起來就像是五顏六色的花叢。

桌上擺著蒸糕、包子等食物，各自冒著熱氣。壽雪拿起一顆包子，用手撕開，裡頭有著飽滿的蓮子餡，散發出陣陣甜香。

「妳們的身子近來可安好？」

花娘一邊啜著茶，一邊詢問黃英及晚霞。

「這陣子好多了。」

黃英以些許緊張的神情說道。

「我最近這陣子已經不再害喜了。」晚霞也以沉著冷靜的口吻說道。

「那真是太好了。」花娘笑著說道：

「接下來兩人的肚子應該會越來越明顯吧？」

裙的上半部會拉到胸口附近，因此就算下腹部鼓起，也看不太出來。黃英與晚霞各自點了點頭。兩人的臉頰看起來都比以往豐腴得多。

「身體變得好沉重，連走路都覺得累。」

黃英一臉憂鬱地說道。她挾了一些果乾及蒸糕放進碗裡，交給身後的侍女，吩咐遞給烏妃娘娘。

1　大紅色。
2　暗紅色。
3　橘黃色。
4　鮮綠色。

「聽說烏妃娘娘好吃甜食，這蒸糕裡頭和了蜜糖栗泥，請嚐嚐看，希望合妳的口味。」

侍女將蒸糕端到壽雪的面前。壽雪一看，糕裡確實和了淡黃色的栗泥，看起來鬆軟可口。撕了一小塊放進嘴裡，栗子的甜香登時在口中擴散。

「美味。」壽雪坦率說出了感想，黃英的表情登時變得開朗。

「阿妹，妳也吃吃看這個。」

花娘以湯匙舀了一口看起來像蜜豆的食物，朝壽雪遞來。「這是以芋頭及棗乾熬煮成的，很好吃唷。」

「啊，那也吃吃我的吧。」晚霞也從身旁的容器裡取出了粽子。

壽雪不禁納悶，不明白大家為什麼都要拿東西給自己吃。略一思索，這才恍然大悟。

——原來這個聚會是為自己舉辦的。

慶祝黃英遷宮云云，不過只是藉口而已。花娘安排了這麼一場聚會，真正的用意是為了促進壽雪與其他妃子的交流。只要烏妃與眾妃能夠有良好的互動，宮女及宦官們自然也會降低對烏妃的恐懼之心……

壽雪轉頭望向花娘，只見花娘也正對著自己微笑。對於她的縝密心思，壽雪不禁大感佩服。過度的信仰與恐懼，都會帶來混亂。自從發生了緇衣娘娘騷動後，花娘一定費了相當多的心思在維持後宮的秩序上吧。

——只要沒有烏妃，就不會有這些麻煩事了。

「那些菊花，是新種的吧？」

花娘的視線自敞開的門扉投向外頭的中庭。如今中庭正盛開著一些花期較晚的菊花。有看起來氣派華美的碩大黃花，有宛如夕陽一般嬌豔欲滴的朱色菊花，還有看起來清雅純潔的白色小菊……各式各樣的菊花爭奇鬥豔，有如攤開了一塊錦布。

「這是陛下的心意……因為我一直很害怕遷入鵲巢宮，陛下說把庭院的模樣換掉，或許就不會那麼怕了……」

「真像是陛下的作風，實在是太會為人著想了。」

當初晚霞入宮時，高峻也曾改造泊鶴宮的庭院，派人種了梔子花。不過高峻在這方面倒也並不完全是個心思細膩的男人。事實上高峻會送菊花給黃英，乃是出於壽雪的提醒。現下回想起來，當初自己似乎說了一句「竟然沒送黃英（※菊花的別稱）」還是「怎麼不送黃英」之類的話，這才點醒了高峻。

其實高峻算是一個溫柔、周到的男人，只是太不懂女人心。不懂的原因很簡單，因為他對女人不感興趣。如果是感興趣的事物，必定會想要深入瞭解。這整座後宮就像是高峻一個人所獨有的花園，然而高峻本人卻缺少了一股男人的氣味。跟高峻相處時，壽雪完全聞不到記憶中那模糊卻強烈的氣味。那股孩提時代在青樓之中所聞到的氣味。瀰漫在整個房間裡，滲入了柱子、牆壁與床板之中，既像是某種油脂，又像是由脂粉與汗水混雜而成的獨特氣味。雖然高峻完全沒有散發出那樣的氣味，但他卻懂得與妃嬪們書信往來，適時造訪各宮，如果有妃嬪生病還會前往探望，對後宮可說是照顧有加。乍看之下這似乎是兩種完全相反的特質，但其根源或許相同，都是來自於對母親的憐憫與懺悔。

母親之死，讓高峻的心中充滿了哀悼與悔恨之意。壽雪推測這樣的心情，正造就了其對女人的憐憫之心。另一方面，高峻從小親眼目睹母親在後宮承受的種種痛苦，她認為那樣的經驗或許也讓高峻對後宮抱持著一種厭惡之情。但這些都只是自己的推測罷了，高峻的實際想法是如此令人難以捉摸。

既然已經有妃子懷孕了，後宮的事情應該是不需要擔心才對，壽雪明白自己根本沒有必要操無謂的心。但不知道為什麼，總是忍不住會胡思亂想。

壽雪一邊吃著甜膩的蜜棗，一邊環視三名妃子。黃英與晚霞的身上都穿著襦裙，因此身材看不出明顯變化，但腹部確實已稍微鼓起，臉部輪廓及手臂也都比以前豐潤得多。驀然間，壽雪感覺這兩個女人好陌生。不知道為什麼，直到這一刻，壽雪才切身感受到她們都是高峻的妃子。

——只有自己不同。

自己絕對不可能像這些女人一樣，變成真正的皇帝妃子。

驀然間，壽雪回想起當初九九曾經詢問過自己，對於這些妃嬪的懷孕有何感想。但直到如今，壽雪才真正深刻體會到自己絕對不可能變得像她們一樣。

壽雪閉上了雙眸，試著在心中想像自己只是個普通的妃子，正與眼前的這些妃子們坐在一起喝茶。一陣陣乾冷的風，在壽雪的心中穿梭而過。

這一晚，高峻造訪了夜明宮。

「聽說妳跟花娘她們見了一面？」

高峻一邊說，一邊將一隻錦袋擱在小几上。那似乎是他帶來的伴手禮。

「然也，吾不應赴約？」

壽雪打開了錦袋的袋口。裡頭裝著一些杏乾。「花娘言已獲汝恩准。」

「妳當然可以赴約，這件事朕已交給花娘全權負責。」

壽雪拿出一顆橙色的果實，撕下一塊放進嘴裡。雖然是果乾，還是相當柔軟，甜香之中帶著適度的酸味。

「……花娘要是知道朕鼓勵妳去阿開……」

壽雪見高峻一臉惆悵之色，不禁停下了撕杏乾的動作，凝視著這個男人。

「她一定會把朕臭罵一頓吧。」

「花娘豈不知其理？」

高峻朝壽雪瞥了一眼，接著說道：「上次妳不也大發雷霆？」

壽雪將頭轉向一邊。

「心自知理，胸自惱怒，兩不相關。」

接著壽雪垂下了頭，說道：

「吾亦知此事無可奈何……吾願赴阿開。」

高峻聽了這句話，身體卻是端坐不動。由於壽雪將頭轉向一邊，看不見他此刻臉上是何種神情。

「即便欲往，亦是事成之後。」

不僅要破除結界，還得找到烏的半身，將烏解放。未來可是困難重重。

——但如果真的做到了呢……？

就在胸中閃過這股念頭的瞬間，壽雪感覺到一陣寒意竄上背脊。

但壽雪馬上搖了搖頭，在心中告訴自己「不可能」。

高峻見了壽雪的舉動，問道：「怎麼了？」

「無事。」

壽雪嘴上雖這麼說，籠罩在心頭的陰霾卻揮之不去。

——如果真的做到了……

解放烏，原本應該是自己的唯一獲救之道。然而自己的心中卻一直存在著迷惘。

一旦出了宮城，就再也見不到花娘她們了。夜明宮那些人原本都是後宮裡的宮人、宦官，能不能帶走還很難說。跟千里他們當然也無法再見面。還有高峻也是……

離開這裡，就等於是捨棄這裡的所有一切。

——如果真的做到了，自己反而會失去一切。

壽雪一想到這點，便感覺到有一股冷流自胸中深處向外擴散。

「……壽雪。」

壽雪聽見了衣角摩擦聲，原來是高峻站了起來。

「要不要出去走一走？」

高峻話一說完，已走向門口。

「且……且慢……」壽雪慌忙起身。高峻經常會像這樣毫無前兆地採取行動，總是讓壽雪窮於應付。

現下外頭已頗有涼意。這陣子陽光普照的白天還算溫暖，但是到了入夜之後，就必須在衣服夾層裡塞入絲綿，或是披上外衣，才能抵禦風寒。高峻遠離了殿舍，走向池畔。一到水邊，寒意更增，但高峻依然挺直了腰桿，絲毫沒有表現出畏冷之意。弦月的倒影落在池面上，隨著漣漪輕輕擺盪。高峻凝視著月影，說道：

「傳說中月光落在海上，化成了雙神……」

高峻接著仰望頭上的明月。「月亮確實是半光半影……」

壽雪也跟著仰望月色。此時的月亮有一半閃耀著清澈純潔的熠熠白光，另外一半卻有如沉入了漆黑的深淵之中。

與周圍的深藍色夜空相比，月體的陰暗處更加深邃無光。

——神為陰二神焭……

「朕跟妳，就像這月亮。」

高峻喃喃說道。壽雪轉過頭來，望向高峻的側臉。

「並非其中一邊是陰影，另一邊是光明，而是兩者都包含了陰影，也包含了光明。在朕的心裡，妳就像是朕的半身。」

「半身……」

「並非因為朕是夏王，而妳是冬王……不，這當然也是原因之一，但除此之外，不知道為什麼，朕覺得我們兩人有著切割不開的關係。」

高峻轉頭面對壽雪，寧靜的表情沐浴在月光之中。

「朕有時覺得看著妳，就像看著一面鏡子。只要妳開心，朕就開心，妳受苦，朕也不得平靜。因此朕雖然想要拯救妳，但一想到必須將妳送至遠方，朕就感覺有如半身遭到切割一般痛苦。」

高峻的口吻雖然平淡一如往昔，一字一句卻宛如輕聲耳語。在那靜謐的氛圍之中，他的雙眸的深處卻不斷閃爍著激烈的火花。宛如洗滌著黑夜的月光，照耀出了高峻內心深處最真實的自我，呈現在壽雪的面前。

壽雪可以強烈感覺到，自己的雙眸其實也閃爍著相同的火光。

「吾亦……有此感。」

彷彿遭到循循誘導一般，壽雪也吐露了心聲。雖然很希望能夠得救，但是一想到自己將會失去的東西，她便感到既恐懼又難過。

——得救正意味著與高峻訣別。

胸口的深處是如此冰冷，彷彿雪花正無聲無息地堆積著。

驀然間，壽雪感覺到有片溫暖的物體貼上了自己的臉頰，不覺吃了一驚。原來是高峻伸出了手，輕撫著自己的臉頰。

高峻的手指沿著她的臉頰邊緣移動，宛如在確認著臉龐的輪廓。壽雪不禁有種錯覺，彷彿那手指輕撫的不是臉頰，而是自己的心。

——啊啊……

那手指彷彿正在攪動、掬起壽雪胸中深處的沉澱之物。

高峻微微睜大了眼睛。

不知不覺之中，壽雪竟輕輕舉起手掌，貼在高峻的手掌之上。她感覺高峻的手指是如此溫暖，而自己的手指卻是如此冰冷。

高峻什麼話也沒有說，只是靜靜地將手掌從壽雪的臉頰移開，並改以雙手溫柔地包裹住她的手指。一絲絲暖流不斷自冰冷的指尖流入壽雪的體內。

高峻就這麼默默低著頭，俯視著壽雪。好一會兒之後，他放開了手，一句話也沒有說，便轉身朝著來時之路往回走。

壽雪並沒有追上前去，只是愣愣地看著高峻的背影。

一直等候在殿舍前方的衛青察覺了這邊的動靜，快步朝高峻走來，期間似乎朝壽雪瞥了一眼，然而高峻並沒有回頭。

衛青點亮了燭臺，持舉在高峻前方引路，那不斷搖曳的微弱火光，與被月光所照耀的背影逐漸遠去。驀然間，高峻終於停下腳步，回頭看了一眼。但因為距離相隔的過於搖遠，壽雪已然看不清他的表情。

***

這一天清晨，就連被關在殿舍房間裡的隱娘，也感受到了門外的嘈雜氛圍。不斷有宦官在殿舍外來來去去，每個人的腳步聲都顯得相當急促，就連說話速度也快得異常，隱娘只聽懂了一句「不是那個，是藍色的錦布」。她將臉貼在槅扇窗上，觀察著房間外的狀況。只見房門上了閂，門前站著兩名看守的宦官。女孩轉動圓滾滾的眼珠，朝兩名宦官的方向望去。

「喂，外頭是怎麼了，為什麼大家看起來好像很忙的樣子？」隱娘詢問距離自己比較近的年幼宦官。

年幼宦官轉頭仰望站在旁邊較為年長的那一位宦官，似乎是在徵求他的同意。年長者點了點頭，年幼宦官於是朝隱娘說道：

「今天外頭要進行一場儀式。」

隱娘聽不懂太難的詞彙，所以年幼宦官說得特別慢，而且使用了特別淺顯易懂的句子。到目前為止，她已經與這名年幼宦官交談過數次。隱娘並非罪犯，卻被關在內廷的殿舍房間裡，這微妙的身分讓年幼宦官不知道該對她表現出什麼樣的態度。

「儀式？」隱娘重複了這個字眼。

「呃……就是祭祀……向神明拜拜……其實我也不太懂。」

「神明……」

「這次要拜的是門神。除此之外，還有道神、竈神等等，不同的日子要拜不同的神明。過去宮廷過於輕忽拜拜，聽說以後要開始重視了……妳知道輕忽是什麼意思嗎？就是怠慢……呃，沒有好好做。」

隱娘點了點頭，年幼宦官才鬆了口氣，接著說道：

「妳的故鄉應該也有神明吧？妳是哈彈族人嗎？妳看起來跟衣斯哈有點像呢。」

——衣斯哈……

隱娘一聽到這名字，登時瞪大了雙眼，雙唇微啟。

「衣斯哈是在後宮當差的宦官……如果你們的故鄉相同，或許妳會認識他。」

年幼宦官接下來說的話，已傳不進隱娘的耳裡。

✿

這是個晴朗無雲的日子。宦官們將大量的砂土運到門前，砌起一座祭壇，隨後在祭壇上放置一座白木檯，檯上擺著許多容器，容器內各自放著紫萍、藻等祭神用的水草類植物，另有堆積如山的澤蘭之類香草。祭壇的周圍插著錦幡，幡布在風中上下翻舞。

「旮旯門」的意思，是「位於角落的門」。這道門就像是宮城的後門，雖然有著鋪石、丹柱及瓦蓋，看起來相當氣派，但因為位在照不到陽光的陰暗處，大多數的人都不喜歡走這道門。押解囚犯或搬運宦官遺體，都是從這道門進出宮城。

壽雪登上祭壇，在檯前跪了下來。宮城九門的門口處都已築起了相同的祭壇。由於名義上這是一場祭祀門神的儀式，因此必須要有祭祀用的祭壇。除了壽雪、封一行、白雷之外，負責主導儀式的冬官府人員也各自登壇。

紓禍門是宮城的正門，因此祭壇的規模特別巨大，站在壇上的是千里。周圍除了錦幡之外，還插著銅幡。壇下聚集了大量的樂師。紓禍門的正前方是朝集殿，高峻就坐在朝集殿的樓門上，假意觀看千里舉行儀式。

原本祭神儀式應該是由君王主導，高峻本人應該親上祭壇。但是千里告訴高峻，在古代夏王、冬王並立的時期，所有的祭神活動都是由身為祭祀王的冬王所負責。夏王是世俗王，基本上並不參與祭神活動。因為這樣的觀念，即使到了欒朝，皇帝也不參與祭祀。

進入本朝之後，相當於高峻祖父的炎帝排斥一切祭祀活動，因此朝廷基本上很少舉行類似儀式。或許是因為這個緣故，祭祀現場聚集了大量想要看熱鬧的官吏。雖然大多數的官吏都聚集在正門附近，但也有人發現壽雪在旮旯門，因此聚集在旮旯門一帶。這些官吏從不曾進入後宮，因此並不知道壽雪就是烏妃，他們只以為壽雪是祭祀方不知從何處找來的巫覡。溫螢及淡海則守在祭壇的旁邊，觀察著周圍動靜，不讓任何人靠近壽雪。

風中傳來了鼓聲及鐘聲，這意味著正門的儀式已經開始了。壽雪等人聽見聲音，也各自開始進行儀式。

壽雪、封一行與白雷所使用的術法各自不同。壽雪使用的是烏妃之術，身為巫術師的封一行使用的是以杖刀及朱墨所繪成的護符，而白雷除了巫術師的術法之外，還加入了漂海民的咒術。三人都必須要切斷結界的接點，只要有一處不成功，破界行動就會以失敗收場。

深藍色的錦幡不斷隨風擺盪、翻飛。壽雪凝視著旮旯門的下方。在那石板之下，有著香薔的結界。她緩緩伸手，取下了髮髻上的牡丹花。

自己的心靈此刻異常平靜，已不再有一絲迷惘。

——在朕的心裡，妳就像是朕的半身。

不知道為什麼，在聽到這句話的瞬間，壽雪的內心變得風平浪靜。

有一種恍然大悟的感覺。

——原來自己是高峻的半身，高峻也是自己的半身。

這句話沉甸甸地落在壽雪的內心深處。自己與高峻乃是一分為二，就像是弦月的光亮面與陰暗面，也像是空中的明月與池面的倒影。

——一想到必須將妳送至遠方，朕就感覺有如半身遭到切割一般痛苦。

就在那個瞬間，壽雪彷彿感覺到高峻的情感流入了自己的體內。她感受到了相同的心靈煎熬。兩人的情感互相交雜，逐漸合而為一，不再有彼此之分。當高峻觸摸著自己的臉頰，亦彷彿在觸摸著自己的心。

這樣就夠了。壽雪明白自己已擁有了堅強的後盾。

——不論身在何方，都能在這裡找到自己的半身。

正因如此，她已能提起勇氣前往任何地方。

壽雪朝著牡丹花輕吹一口氣。花瓣宛如融解一般化了開來，失去原本的形狀，變成了淡紅色的輕煙。那輕煙在空中繚繞，緩緩朝旮旯門的方向飄去。驟然間，壽雪感覺到門的下方似乎有某種詭異的氣息……宛如一條蠕動中的蛇。

石板地面的縫隙不斷滲出黑色的霧氣，那些霧氣在石板上不住盤繞，逐漸凝聚成形。但是除了壽雪之外，其他人似乎看不見那霧氣，因此沒有人發出尖叫。她凝神細看了那黑色霧氣一會兒，又將兩朵牡丹花化為輕煙。接著手掌一翻，淡紅色的輕煙也開始凝聚成形。

黑色的霧氣凝聚成了一條三頭大蛇，蛇身有如滾沸的泥漿，呈現出令人心驚肉跳的陰鬱之色，卻又釋放出異樣的耀眼光芒。那三頭大蛇盤踞在拱門下方，高高抬起了頭，朝著壽雪張開了口。那三頭大蛇的口中一片漆黑，一眼竟望不到盡頭，彷彿連聲音也會被吸進去。

而由牡丹花瓣化成淡紅色的輕煙則凝聚為一頭大鷲，大鷲振翅飛上天際，在大蛇的周圍盤旋了一會兒，忽然快速俯衝而下，以銳爪撕裂了蛇身。大蛇在地上痛苦掙扎，三顆頭糾纏在一起。此時猛然一陣狂風襲來，夾帶著類似哀號的可怕聲響。原本設置在祭壇上的木檯遭狂風推至半空中，壽雪趕緊伏低了身子。圍觀的群眾皆因這突如其來的強風而連連驚呼。

「娘娘……」

溫螢與淡海急忙想要奔到壇上保護壽雪，壽雪大喊一聲「勿來」，抬起了頭。

大鷲不斷繞著大蛇的頭部飛行，氣急敗壞的大蛇張開了血盆大口，想要將大鷲一口吞下。此時壽雪從懷裡取出了一根羽毛。那羽毛為黑褐色，上頭布滿了白色斑點，是壽雪昨晚在夜明宮旁邊的森林裡，向星烏借來的羽毛。星烏是烏的「使部」，其羽毛可化為利劍。

壽雪一翻手掌，大鷲忽然散了開來，變回一縷細細長長的輕煙，將大蛇團團圍繞。輕煙接著又幻化成了繩索，將蛇身緊緊縛住。大蛇憤怒地不斷甩動頭部，三顆頭的甩動方向各自不同，時而向右，時而向左，每甩動一次，就會引發一陣狂風。

壽雪持著羽毛用力一揮，那羽毛幻化成了一把褐色的雙刃劍。大蛇被繩索緊緊綑綁住了，頭部向前伸出。壽雪抓住了這瞬間的機會，迅速揮出手中長劍，當即斬斷一顆蛇頭。突然間，一陣強烈的衝擊自下方傳來，整個地面都在劇烈晃動，整座門體建築也跟著不斷震盪。剩下兩顆頭的大蛇像發了狂一樣甩動身體，引發一陣陣的旋風，颳倒了旌幡。蛇身不住翻滾、彈跳，壽雪退了一步，再度揮出長劍，登時破空之聲大響。這一劍打橫揮出，並不是要斬斷蛇身，而是要斬斷術法。一時狂風大起，呼嘯的風聲有如大蛇的呻吟聲。泛著鱗光的蛇身不斷痛苦掙扎，那醜陋的模樣正象徵著香薔的術法有多麼險惡。

——好可怕的咒術……

那彷彿帶著腥腐惡臭的咒術，令壽雪不寒而慄。她屏住了呼吸，再度一劍揮落，斬斷最後一顆蛇頭。一陣狂風迎面襲來，令她忍不住閉上了雙眼。霎時間天搖地動，以砂土堆砌成的祭壇由外向內開始坍塌。壽雪一個踉蹌，跪倒在地上，四周轟隆聲大響。

轟隆聲很快就止歇了，只留下漫天飛揚的塵土。眼前的景象，讓所有圍觀的群眾都嚇傻了，竟沒有一個人發出聲音。

城門竟然崩塌了，鋪著瓦片的屋頂摔落地面，塗著丹漆的柱子也皆連根折斷，就連土牆也傾頹得不成模樣。奇妙的是柱子及門板皆裂成了碎塊，有如嚴重腐朽一般，像是長久以來沉默地承受某種未知的侵蝕，而今終於不堪重負地碎裂。

壽雪起身走下祭壇，站在崩塌的城門前，小心翼翼觀察著四下的動靜。原本在地下蠕動的大蛇氣息已消失了。

接著她轉頭遠眺四周的遠方。當然從此刻所站的位置，看不見其他城門，但她感覺得出來，整座宮城的氛圍已經與剛剛不同。

——結界已破！

壽雪緊緊握住了劍柄。雖然還沒有加以證實，但幾乎可以肯定，結界已經破了。

——可以出去了！

就在心中萌生這個想法的瞬間，忽然有一股興奮感自壽雪的胸中擴散至全身。那興奮感的強烈程度，連自己也感到驚訝。她這才發現，原來自己只是一直避免思考這件事。因為不知道能不能成功，所以一直在避免想像成功時的喜悅心情。

「啊啊……」

壽雪忍不住發出了感嘆聲。終於能夠出去了。真的能夠出去了。她一步步走向城門。不，應該說是原本城門所在的位置。遠方是一望無際的蔚藍天空。

就在壽雪想要跨越城門的斷垣殘壁時，不知何處傳來了一陣聲響，令她錯愕得停下了腳步。那聲響正不斷朝著自己所在的位置逼近。

——那是什麼聲音……？

壽雪這才驚覺，原來自己錯估了。不只是自己，其他的所有人也都錯估了。錯估了香薔的執著。

當遠方傳來轟隆聲響，同時腳下隱隱震動時，高峻便忍不住站了起來。圍觀的群眾也紛紛開始交頭接耳，不曉得發生了什麼事。雖然大地一陣晃動，但正門看起來似乎沒有任何變化。那可怕的轟隆聲響，似乎是來自壽雪所在的旮旯門。高峻轉頭遙望西方，在蔚藍的天空下，隱約可看見遠方揚起了一股淡淡的塵煙。他望向千里，後者停下了進行儀式的動作，同樣仰望著高峻。雖然千里的臉上帶著三分驚愕，但他用力點了點頭。

——結界已破！

高峻立刻朝身旁的禁軍護衛說道：「即刻傳令各門衛士回報狀況。」不一會兒，便有衛士回報「旮旯門」崩塌了。高峻聽了回報後心想，遠方的塵煙多半就是城門崩塌所造成。根據眾衛士回報的消息，諸門之中似乎只有旮旯門崩塌。

旮旯門是香薔結界的關鍵之門。高峻原本還擔心破除結界的同時，九座城門都會崩塌，如今只崩了旮旯門，反而讓高峻放下了心中大石。

這個時候的高峻，還能維持著沉著冷靜。但是當看見衛士一個又一個從西邊的方向倉皇奔跑到正門前，而且每一名衛士的臉上皆慘無血色時，高峻皺起了眉頭，已察覺事情不妙。

——如果只是城門崩塌，衛士絕對不會嚇成這個樣子。

沒等高峻開口詢問，身旁的人已經大聲斥喝：

「不過是崩了一座城門，你們堂堂宮城衛士，這副德性成何體統……」

衛士們卻拚命搖頭，每一個都在瑟瑟發抖。

「骷……骷……」

衛士想要回報狀況，卻因為牙齒打顫，沒有辦法好好說話。

「到底發生什麼事，快說清楚！」長官罵道。沒想到衛士們卻一個個開始啜泣。宮城衛士不同於北衙禁軍之類的皇帝親兵，他們並非身經百戰的戰士，而是一群受兵役徵調而負責戍守宮城的農民。雖然他們的身體都鍛鍊得強健精壯，但內心畢竟缺少武人的膽識。

高峻走下樓門臺階，將手搭在一名正在發抖的衛士的肩上，問道：

「莫非出現了幽鬼？」

高峻的沉著聲音，與驚恐的衛士們形成了強烈的對比。何況在一般的情況下，皇帝絕對不會站在和衛士相同的高度，搭著衛士的肩膀說話。那衛士嚇得合不攏嘴，因為這麼一嚇，他的身體竟不再顫抖。

那衛士回過了神來，慌忙跪倒在地。

「好……好像……不是幽鬼……」

那衛士戰戰兢兢地說道。

高峻點了點頭，說道：

「出現的不是幽鬼，而是其他東西？」

「是……是的……」

衛士或許是想起了剛剛看見的景象，臉色再度發青。

「那是……骷髏……」

「什麼？」

「骷髏……一大群骷髏……從禁苑的方向走了過來……」

高峻一聽，也嚇得說不出話來。

——一大群骷髏？

「那些骷髏都穿著黑衣……一群穿著黑衣的骷髏走了過來……！」

——穿著黑衣的骷髏？

周圍的人聽見衛士所說的話，陸續有人發出尖叫聲。原本群眾就因旮旯門崩塌而亂成了一團，如今又聽到這驚人的消息，登時引起了一陣恐慌。

「那是禁術。」

頭頂上忽然傳來了說話聲。那頗為熟悉的聲音，讓高峻抬頭仰望藍天。

一隻星烏自天上翩翩飛落，停在高峻的肩頭，爪子抓住了他的肩膀。或許是因為沒有站穩的關係，那星烏又拍了幾下翅膀，調整腳爪停放的位置。

「你是……」

烏的使部。不對，剛剛那說話聲……

「梟？」

梟是烏的兄長，原本跟高峻能夠透過大海螺交談，但近來一直維持著沉默。

「沒錯。」梟的聲音說道。

「你為什麼……」

「現在沒時間解釋這些了。夏王，快前往西北之門！」

說完這句話，星烏忽然又從高峻的肩頭振翅飛起。

「歷代烏妃因香薔禁術而復活了！烏妃有性命危險！動作快！」

——那些是什麼東西？

自禁苑的森林逐漸逼近的那群物體，令壽雪幾乎不敢相信自己的眼睛。

簡直像是……一大片黑色的浪潮。

氿昇門就位在禁苑的旁邊。禁苑中有北衙禁軍的營區，有欒朝宗廟，還有烏妃塚。

——烏妃塚！

那一大片黑色浪潮的速度並不快，而是以搖搖擺擺的詭異動作逐步靠近。當圍觀的群眾漸漸看清了那些物體的外貌時，驚叫聲開始此起彼落。就連壽雪自己，一時間竟也嚇得目瞪口呆。

「娘娘……那是……」

溫螢與淡海皆神色緊張地奔到了壽雪的身邊。

視線的彼端，是一大群身穿黑衣的人形之物……一群身穿破爛黑衣的骷髏！

每一具骷髏身上的黑衣，都讓壽雪感到相當熟悉。那正是烏妃之衣，烏妃平日經常穿著的黑衣。

「……烏妃！」

自壽雪的雙唇流瀉而出的聲音，竟是如此沙啞。

沒錯，那是一大群烏妃。一大群化成了骸骨的烏妃。

群眾見了那不斷逼近的骷髏，全都陷入了恐慌狀態，有的尖聲大叫，有的四處逃竄。唯獨壽雪愣愣地站著不動。

過去的種種疑問，在壽雪的心頭一一浮現。為什麼要挑選這西方邊角的小門作為結界的關鍵之門？為什麼沒有辦法對烏妃招魂？

但是最讓壽雪在意的一點，是這些骷髏既然是歷代的烏妃，代表那裡頭……

那些舞動著破損袖子步步逼近的骷髏，逐漸出現了變化。它們每踏出一步，骸骨的表層便長出一點皮肉。起初，只不過是枯骨的上頭覆蓋了一層又薄又乾的樹皮，但是過了一會兒，那皮肉竟逐漸隆起，水分充盈其中，且漸漸顯出血色。原本只是兩個孔洞的眼窩，也覆蓋上了一層薄薄的眼瞼，突出成眼球的圓弧形。當那眼瞼一睜開，裡頭確實出現了濕滑的瞳孔，烏妃們茂密的黑髮重新結成了髮髻，髻上插著兩朵鮮活的牡丹花。

在搖搖擺擺前進的途中，骷髏們各自恢復了生前的模樣，但它們的雙眸卻仍然空洞無神，絲毫不帶生氣。

「娘娘，請退後。」

溫螢閃身到壽雪的前方，從懷裡抽出了匕首。淡海拾起衛士們逃走時拋在地上的一副弓箭，搭弓上弦。那一大群死屍顯然是衝著壽雪而來。

「汝二人當退，非吾也。此敵……汝二人莫可奈何。」

壽雪伸手制止兩人，同時踏步向前，握緊了手中的星烏劍。

——如果有白雷或封一行在旁邊幫忙，或許還有勝算……

封一行或許正在趕來支援的路上。至於白雷，大概早已逃之夭夭了吧。畢竟他已協助打破了結界，沒有義務再出手相助。而封一行年事已高，腳程不快，肯定來不及馳援。

——那些死屍……都是為了殺自己而來？

這也是香薔的邪術嗎？當結界遭破解時，無論如何都要阻止烏妃逃亡……？

壽雪緊緊咬住了嘴唇。

——竟然如此褻瀆死者……

烏妃們距離壽雪越來越近，容貌已依稀可辨。壽雪從來沒見過其中的任何一人，但見絕大部分的烏妃都相當年輕，可見得她們都是年紀輕輕就失去了生命。

烏妃們行進的速度突然變快了。她們甩動著衣襬，朝著壽雪狂奔而來。每一名烏妃的臉上都不見絲毫表情。

壽雪迅速伏下身子，手中長劍橫掃，朝著烏妃們的腿部揮出。數人的腳遭斬斷，摔跌在地上。即便如此，她們依然沒有發出任何聲響，表情沒有任何變化，雙眸空洞而麻木。

烏妃們前仆後繼地朝壽雪襲來。前面的一但烏妃倒下，後頭馬上就有更多的烏妃補上。後面的烏妃踐踏著前面的烏妃，伸出手臂朝壽雪抓來。她咬緊了牙關，將那些手臂一一斬落。但終究還是被逼得退了好幾步，呼吸越來越粗重。到底還有多少的死屍？黑色的浪潮彷彿永無止境。

壽雪一邊斬殺著每一具襲來的死屍，一邊確認每一具死屍的容貌。心中不斷祈禱著，千萬別看見那張臉。

——那個在漫長的歲月裡，以烏妃的身分受盡折磨，最後終於獲得了解脫的人……

「香薔……香薔何在！速速現身！」

壽雪心想，既然香薔以術法控制了烏妃們的遺體，她自己應該也在這群烏妃之中。如果能夠將她打倒，或許就能破解她的術法。

但是壽雪所得到的，卻是出乎意料的回應……

「香薔不在此地。」

那聲音，讓壽雪驟然停下了揮劍的動作……多麼熟悉的聲音啊！

——不，這不是真的！

「香薔之屍已臨，無可復生，此地僅餘香薔偏執所成的邪念禁術。」

那一大群身穿黑衣者之中的某人，緩緩走到壽雪的面前。那正是她暗自祈禱千萬不要出現的人物。那蒼蒼白髮、布滿皺紋的削瘦臉孔，及有如枯柴一般的手臂。在一眾年輕的烏妃之中，那龍鍾老態顯得格外醒目。

「麗娘……」

壽雪的聲音微微顫抖。

麗娘的雙眸似乎凝視著遠方。壽雪往後退了一步。

——不……不……

唯獨麗娘，是壽雪無論如何都不想斬殺之人。她沒有辦法強迫自己做出那種事。

「汝亦知『封嘴』之術，困魂魄於壺中，以為己用……香薔乃施此術於烏妃塚。」

麗娘不僅口氣嚴肅，而且遣辭用句與生前並無二致。

「吾昔嘗招烏妃幽鬼，不成，方悟此事……若吾一死，亦必遭此術所困。」

麗娘的雙眸筆直凝視著壽雪。

「壽雪……吾早知香薔結界若得為人所破，必汝所為。」

那雙眸正如同麗娘生前一樣嚴厲而溫柔。壽雪不自覺放下了緊握長劍的手，長劍跌落在地上的瞬間，無聲無息變回了羽毛。

麗娘伸出的手掌，此刻正輕撫著壽雪的臉頰。那又薄又乾，布滿了皺紋的手掌，正是當年不知在壽雪的頭上及臉頰上輕撫過多少次的那隻手掌。

「汝莫驚懼……吾生前既悟此術，已施反咒之法。不過須臾，此禁術便當自破。」

麗娘這句話才剛說完，背後烏妃們的動作果然開始變得緩慢。一名烏妃伸出了手，卻並非伸向壽雪，而是抓住了麗娘的肩膀。銳利的指甲插入了麗娘那枯瘦的肩頭。另一名烏妃也忽然張口，咬住了她的頸子。

「麗……」

壽雪奔上前去，想要為麗娘擊退那些烏妃。麗娘卻將壽雪一把推開，她一個站不穩，仰天摔倒在地上。

「無妨。香薔已無能為力，乃殺吾洩憤。今日事成，吾可安息矣……」

一名烏妃將麗娘的手腕扯了下來。接著是一陣頸骨斷裂聲，麗娘的頭部逐漸傾斜。

「壽雪……」

麗娘的頭顱跌落地面。幾乎就在同一瞬間，原本將麗娘團團包圍的烏妃們一個個土崩瓦解，變回了骸骨。

後方那黑壓壓一大片的烏妃也是一樣，全都化成了白骨，發出清脆聲響，一具具朝著地面垮落。不過一眨眼功夫，眼前只剩下堆積如山的白骨及黑衣。

壽雪凝視著眼前地面上的白骨。那曾經是麗娘的頭蓋骨、軀幹及四肢骨骼，以及黑衣……她以顫抖的雙手，將那些骸骨堆在一起。感覺幾乎快要窒息……就像是突然忘了怎麼呼吸。

麗娘的手掌輕輕撫摸自己臉頰的觸感，深刻地烙印在自己的心頭。那有點冰涼，又乾又皺的手掌。在每個難以入眠的夜裡，溫柔地為自己搓揉掌心的那隻手掌。

「……香薔……汝竟敢……」

壽雪整個人趴倒在麗娘的骸骨之上。胸口彷彿受到烈火灼燒一般疼痛。

——麗娘一直活在孤獨之中……

獨自忍受著寂寞與痛苦，直到成為佝僂老者。

——這太不公平了……

為什麼麗娘生前必須受香薔咒術所苦，死後還得受香薔束縛，靈魂與遺骸遭到蹂躪？

為什麼麗娘得遭受這樣的對待？

壽雪的咽喉發出了哽咽。那哽咽迅速轉變為慟哭，慟哭又轉變為嘶吼。壽雪不停地吶喊，但不管再怎麼嚎啕大哭，不管再怎麼吼叫，胸中那宛如炙燒般的痛楚卻絲毫無法減輕。

✿

「這是怎麼回事……」

當高峻抵達旮旯門時，眼中看見的是不計其數的白骨。

壽雪受到白骨包圍，正伏在地上痛哭失聲。溫螢與淡海皆站在一旁，似乎想要上前安慰，卻又不知如何開口。兩人察覺高峻走來，各自搖了搖頭，臉上帶著沉痛的表情。

圍觀的群眾全都嚇得神色木然，坐在地上動彈不得，只能愣愣地看著眼前堆積如山的白骨。就連跟隨在高峻身邊的衛青及一眾護衛，看見這幅景象也倒抽了一口涼氣。

高峻正要走向壽雪，卻驀然停下腳步，抬頭仰望天際。星烏正在高空中盤旋。天空受到雲層覆蓋，看起來灰濛濛一片。那雲層的位置，恰好就在壽雪的正上方。雲層的中央形成了一股渦流，而且迅速擴張，變得越來越厚。顏色越來越陰暗而濃密，看起來越來越沉重，彷彿隨時會垂落至地面。壽雪持續發出悲慟的吶喊聲。頭頂上方的雲層彷彿在回應著壽雪一般，開始傳出細微的雷鳴聲。陰濕的雲層內側漸漸閃爍著雷光。雷鳴聲越來越近，雲層迅速擴散。

——這個季節怎麼會打雷……？

驀然間，高空一道閃光炸裂，雷鳴聲大作。下一瞬間，背後的方向傳來了巨大轟隆聲響。那聲音之大，令人全身為之震懾。

高峻一轉頭，竟看見內廷的方向出現了一道碩大無朋的水柱。但是那個方向根本沒有池塘。水柱的勁道絲毫沒有消滅，反而越噴越高，直達天際。

——那個方向是……鰲枝殿？

以鼇神背甲為飾，據說受到鼇神庇佑的殿舍。高峻登時有不好的預感。

——怎麼回事？

到底發生什麼事了？

不知何處傳來鳥類的振翅聲。是星烏嗎？

「娘娘！」

身旁忽響起溫螢充滿關懷的聲音，讓高峻將頭轉了回來。此時壽雪已站了起來，腳邊多了一隻鳥，看起來像是一隻金色的雞，正是原本應該待在夜明宮裡的星星。

壽雪不知何時解開了髮髻，長髮垂了下來，幾乎蓋住整張臉，看不見表情。

只見壽雪從星星的翅膀上拔下了一根羽毛，那羽毛登時幻化為金色的箭矢。壽雪手持箭矢，擺出搭弓射箭的動作，手上接著便出現了一把弓。高峻從不曾見過她做出這樣的舉動。那是一把相當大的弓，弓身像塗了漆一般又黑又亮。以壽雪的嬌小身軀，實在不像是能夠拉得動那把弓。然而壽雪竟輕而易舉地拉滿了弦，隨即朝著空中水柱的方向，射出了箭矢。那箭矢劃出一道弧線，朝著水柱疾射而去，伴隨著刺耳的破風之聲，不一會兒已化為一個小點，完全消失在視野之中。下一瞬間，水柱忽然炸了開來，發出宛如玻璃碎裂的聲音，以及低沉的嘶吼聲，在整個空間中迴盪。

當高峻再凝神細看時，水柱已經消失無蹤。「啵」的一聲輕響，忽然有一顆碩大的水滴落在他的臉頰上。

原本以為那是水柱炸裂時噴發出的水滴，但頃刻之後，高峻已明白並非如此。

雷鳴聲在天上此起彼落，陰鬱的雲層迅速覆蓋整片天空，宛如為天空拉起了一道簾帳。四下變得極為昏暗，給人一種已經入夜的錯覺。陸續有水滴自天空飄落，濡濕了地面。剛開始只是寥寥數滴，但不過一眨眼功夫，竟然轉變為傾盆大雨。

一陣陣藍白色的電光將周圍照得忽明忽暗，雷鳴聲持續響個不停。宛如瀑布一般的滂沱大雨打在滿地的白骨上，登時變得泥濘不堪。

雨勢實在過於驚人，以致雨滴砸在身上隱隱作痛，使高峻幾乎睜不開雙眼。彷彿全身都浸泡在水中一般，就連呼吸也頗為困難。此刻所有的光線都遭雲層遮蔽，眼前的視野晦暗不清，天上不時有雷光流竄。

「壽雪……」

高峻的呼喚聲幾乎完全遭大雷雨的聲音掩蓋。滂沱大雨加上光線不足，令他一時找不到壽雪的身影。壽雪在哪裡？她沒事嗎？

雖然雨勢一時之間大到極有可能在宮城引發水災，但過了一會兒，雨勢便開始逐漸減弱，由原先的傾盆大雨轉變為絲絲細雨。原本覆蓋整片天空的厚重烏雲，也出現了縫隙，透出微弱的陽光。

四周終於稍微恢復了明亮。然而眼前的景象，竟讓高峻驚訝得忘了呼吸。

壽雪依然站在原本的位置，一步也不曾移動。

她那頭長長的秀髮，竟閃爍著銀色的光輝。難道是剛才雨勢實在太大，洗去了她頭髮上的染劑？抑或是因為其他理由？那如夢似幻的銀髮散發著淡淡的光芒，看起來格外醒目。

星烏自空中翩翩飛落，停在高峻的肩頭。

壽雪緩緩轉過頭來，望向高峻。不，或許該說是望向星烏更加貼切。那視線令高峻心中一凜。

——那是誰？

雖然有著壽雪的容貌，但絕對不是壽雪。高峻也不明白自己為什麼會有這樣的想法。眼前這個人明明是壽雪沒錯，但就是與壽雪有所不同。

壽雪張開了雙唇。

「梟？」

那分明是壽雪的聲音，口氣卻與過去大相逕庭。

高峻肩上的星烏以宛如遭到擠壓般的低沉聲音說道：「……烏。」

就在這一瞬間，高峻領悟到自己想要拯救壽雪的一番苦心，都已化為夢幻泡影。

（完）

國家圖書館出版品預行編目資料

後宮之烏 5：陰熒一體 / 白川紺子作；李彥樺譯
. -- 初版 . -- 臺北市：三采文化股份有限公司，
2023.01- 冊； 公分 . --（iREAD；160）

ISBN 978-986-342-436-9（平裝）
861.57 111019331

suncolor 三采文化集團

iREAD 160

後宮之烏 5：陰熒一體

作者｜白川紺子 繪者｜香魚子 譯者｜李彥樺
編輯二部 總編輯｜鄭微宣 主編｜李媁婷 責任編輯｜藍匀廷 校對｜黃薇霓
美術主編｜藍秀婷 封面設計｜李蕙雲 內頁排版｜魏子琪 版權協理｜劉契妙

發行人｜張輝明 總編輯長｜曾雅青 發行所｜三采文化股份有限公司
地址｜台北市內湖區瑞光路 513 巷 33 號 8 樓
傳訊｜TEL:8797-1234 FAX:8797-1688 網址｜www.suncolor.com.tw
郵政劃撥｜帳號：14319060 戶名：三采文化股份有限公司
本版發行｜2023 年 1 月 6 日 定價｜NT$380

KOKYU NO KARASU by Kouko Shirakawa

First published in Japan in 2020 by SHUEISHA Inc., Tokyo.
Chinese complex characters edition published by arrangement with Shueisha Inc., Tokyo in care of UNI Agency Inc., Tokyo

suncolor

suncolor